Mein Kind ist
ein Einhorn

Du bist
ein
Wunder

Rose Marie Gasser Rist

Mein Kind ist ein Einhorn

Paralleluniversen des Alltags

Bibliografische Information der Deutschen
Nationalbibliothek:

Die Deutsche Nationalbibliothek verzeichnet diese
Publikation in der Deutschen Nationalbibliografie;
detaillierte bibliografische Daten sind im Internet
über http://dnb.dnb.de abrufbar.

Titelillustration: Melina Hutter (*2011)
Titeldesign: Giulia Gasser/www.giulianinagasser.com
Covergrafik: Karin Frauenfelder/www.grapx.ch
Lektorat & Korrektorat:
Susanne Hülsenbeck/www.lichtblicktext.de

Kontakt Autorin:
www.rose-marie-gasser-rist.com
kontakt@rose-marie-gasser-rist.com

Herstellung und Verlag: BoD – Book on Demand,
Norderstedt
ISBN 978-3-752846-51-5

Titelgeschichte

Mein Kind ist ein Einhorn   9

Mit meinen Mitbewohnern
heute und früher

    13

Rote Schuhe und ein Erdbeertörtchen   15

Pfarrers Tupperdose   19

Einen auf Forrest Gump machen   23

Der Fudi-Engel   26

Reizüberflutung und Grenzerfahrung   29

Mutter-Sohn-Gespräche   36

Ruben rennt   42

Alles für die Katz   46

Der Silvester-Bann ist gebrochen   50

Das Ende der Schoggimuffins-Smarties-Ära   56

Nuggnägel - Familiencodes   60

Die Sinalco-Flasche auf der Baustelle   65

Die Welt, die Mitwelt und zwischen den Welten

67

Gogi und Nonno   69

Bergflirt   72

Kalter Angstschweiß in New Orleans   76

Männer eins   82

Männer zwei   85

Womens March   91

Die Macht der Frühstücksflocken   93

Mit George W. Bush und Tony Blair   96

Verletzlichkeit, Liminalität und Neophyten   98

Weihnachten mit Moslems   103

Wo kämen wir denn hin   106

Das Schreikind   109

Etwas Warmes braucht der Mensch   113

Das Glück der Zahnlücke   116

Der letzte Wunsch   119

Hinterm Horizont geht es weiter   124

Wie ich zum Schreiben kam   129

Der Baske auf der Küchenanrichte   131

Die Reisegruppe im Kopf   135

Ich packe meinen Koffer   139

Trauern, um zu leben   142

The point of return   147

I'm in love with my typewriter   149

Schreibreisen und Recherche   153

Schamschutz   157

Fame in Wien   160

Über die Autorin   162

Bibliografie   164

Danke   166

Titelgeschichte

Mein Kind ist ein Einhorn

Sprüche wie *„Always be yourself, unless you can be a unicorn!"* zieren Postkarten, Kaffeetassen, Badezusätze und schwemmen den Geschenkartikelmarkt für die beste Freundin. Nicht nur Mädchenherzen schlagen höher beim Anblick des Fabelwesens, sondern auch gestandene Frauen lassen sich davon verzaubern. Ich bin seit 2016 Mitglied der Online-Plattform *Charismatic Female Leadership*, also bei den charismatischen Führungsfrauen. In diesem Club geht es um Vernetzung und Sichtbarkeit im Business. Als Autorin und Sängerin hilft mir dieses „Boostern" enorm, insbesondere in den sozialen Medien. Unser Logo: ein Einhorn! Unser Credo: *Sei immer du selbst, außer du kannst ein Einhorn sein!*

Ich fand dies zu Beginn originell, kühn und witzig, ließ mich vom Glimmer und der Leichtigkeit des Einhorns betören. Es gab dem Business etwas Ladylikes und nahm ihm die männliche (sorry Männer, schon wieder ...) Verbissenheit. Frau darf erfolgreich, einzigartig, selbstbewusst, glamourös und etwas magic sein. Ich war also ganz in diesem neuen Frauen-im-Business-aber-verspielt-Modus, als mich zu Fasching meine Tochter mit einer Bildnachricht überraschte. Auf dem Selfie sah ich mein erwachsenes Mädchen vor dem Spiegel im Einhorn-Kostüm.

„Ei! Mein Kind ist ein Einhorn!", kam es spontan über meine Lippen und durch den WhatsApp-Kanal zu meiner Tochter. Ich war richtig entzückt, dass wir uns plötzlich über das Fabelwesen auf einer zusätzlichen, neuen, glimmer-magischen Ebene trafen. Fortan galoppierten Einhorn-Witze-Bilder-Clips-Gadgets flott zwischen Luzern und dem Bodensee hin und her und es wurde unser Mutter-Tochter-Pling-pling-pling.

Was ist es, dass gestandene Frauen und konsumkritische Jungpolitikerinnen von diesem kitschigen Fabelding entzückt sind? Aus welchem Himmel fallen plötzlich alle diese Einhörner? Das habe ich mich diesen Sommer gefragt, als aufblasbare Einhörner auch Schwimmbäder und Seen bevölkerten.

Beim Spaziergang durch die Zuger Innenstadt zog mich ein pink-glitzeriges Schaufenster magisch an. Auf dem Schild, das von einem Rudel Strick-, Plastik-, Plüsch- und Glaseinhörnern umrahmt war, stieß ich auf eine mögliche Erklärung:

„Das Einhorn ist das Tier der Intuition, des Hellsehens und der umfassenden Wahrnehmung. Mit seinem Horn stellt es den Kontakt zu anderen Ebenen und Dimensionen her und ruft dich auf, in dein Innerstes zu blicken und deine inneren Ressourcen voll zu entfalten und innen und außen in Einklang zu

bringen. Transformation ist ein weiteres Schlagwort, das Einhorn betreffend, das dich auffordern möchte, alles Alte und nicht mehr zu dir Gehörige gehen zu lassen."

Diese Zuordnung stammt eindeutig aus der esoterischen Ecke. Doch die Sehnsucht nach einer neuen Mystik, nach Sinn und Übersinn, hat den Mainstream längstens und breitest erfasst. Das Alltagstempo ist erbarmungslos, die Nachrichten von Krieg, Vertriebenen und einem möglichen ökologischen Kollaps gehen an die Substanz. Mir geht es so, dass ich der schweren Kost etwas entgegensetzen oder draufsetzen muss. Vielleicht ist das Einhorn ja wie das Schnäpschen nach einem deftigen Fondue? Es hilft zu verdauen, macht den Kopf tüdelig und zaubert der Runde ein seliges Grinsen ins Gesicht.

Das Einhorn hat auf mich einen Lady-Di-Effekt. Beides verzaubert mich. Beides kommt aus einer fernen, heilen Märchenwelt, ist massentauglich und gestattet mir, mich kitschig auszustatten und gefühlsduselig zu benehmen. Als Lady Diana verunfallt war, heulte ich mit Millionen Menschen auf der Welt gleichzeitig Rotz und Wasser, obwohl kaum jemand die Frau persönlich kennengelernt hatte. Lady Di und das Einhorn rühren einen Teil in mir an, der an das Schöne und Gute und Heile glauben möchte. Wie es scheint, bin ich nicht die einzige.

10 / 2017

Mit meinen Mitbewohnern heute und früher

Ich bin ein Rudelmensch. Das geht gar nicht anders, wenn man auf einem Mehrgenerationenhof aufwächst mit vier Geschwistern, Eltern, Großeltern und unzähligen Tanten und Onkeln, Dorfbewohnern, die da ein- und ausgehen. Deshalb wollte auch mehr als ein Kind kommen. Mit dreien, meinem Mann und ein paar Haustieren lebe ich seit 2008 in einem alten Fachwerkhaus in einem überschaubaren Schweizer Dorf am Bodensee. Das ist heute mein Anker.

Rote Schuhe, ein Erdbeertörtchen

oder wie alles angefangen hat

Im September, wenn sich die Blätter verfärben und die Sonne noch mild und gütig die Tage wärmt, erinnere ich mich an die Geschichte, wie ich meinen jetzigen Mann kennengelernt habe.

1996 war meine Tochter Rahel gerademal einen Monat alt und wir lebten in Schaffhausen, als ich mit meinem ersten Mann und unserer Band die Proben wieder aufnahm und per Inserat einen neuen Gitarristen suchte. Ein Matthias meldete sich auf die Anzeige und betrat unspektakulär das verqualmte Übungslokal und mein Leben. Sein Gitarrenspiel und die Formation passten nicht zusammen. Wir verabschiedeten uns auf Nimmerwiedersehen, obschon dieser Typ anders war als alle Musiker und Männer, die meinen Weg bisher gekreuzt hatten und ziemlich Eindruck auf mich gemacht hatte. Was sollte ich mich länger mit ihm aufhalten? Ich war auf dem Weg zu heiraten und eine kleine Familie zu gründen. Und Matthias hatte gerade seine Frau aus Australien eingeflogen.

1999 lief ich dem Gitarristen in der Schaffhauser Altstadt zufällig wieder über den Weg. Ich führte die dreijährige Rahel an der Hand und ihre schönen, neuen, roten Lackschuhe spazieren. Mutter und Tochter waren im Begriff, sich ein Leben zu zweit einzurichten und auf Wohnungssuche. Das Familienprojekt war gescheitert. Matthias bewunderte beim Small Talk auf der Gasse Rahels Schuhe und berichtete by the way, dass seine Frau wieder nach Australien zurückgekehrt war und er einiges mit den internationalen Scheidungspapieren zu tun hatte. Ich freute mich aufrichtig, Matthias zu sehen, schlug aber sein Angebot aus, in seiner großen Wohnung mit Rahel zur Untermiete einzuziehen. Das Scheitern der Ehe nagte heftig an mir und ich brauchte Zeit, die auseinandergeflogenen Teile wieder zusammenzufügen und mich auf eigene Beine zu stellen. Aber ab und zu gemeinsam zu musizieren, konnte ich mir gut vorstellen.

Juli 2000 plante ich an meinem Arbeitsort *Lindli-Huus* Schaffhausen einen Kulturherbst. Beim gemeinsamen Musizieren hatte mich Matthias mit seinem virtuosen Gitarrenspiel längst verzaubert. Es lag nahe, dass er sein Abschiedskonzert Anfang Oktober im *Lindli-Huus* geben sollte. Er war nämlich auf dem Sprung nach Solothurn, um einen Neuanfang zu wagen. Für ein, zwei Lieder plante er mich als Sängerin ein und so kam es, dass er bis zum Konzert in unsere Zweifrauen-mit-Kater-WG zum Proben vorbeikam. Einmal stand die kleine Rahel im Türrahmen und bemerkte:

„De Matthias mues do wohne!"

Uns Erwachsenen liefen die Wangen bis zum Haaransatz dunkelrot an. Keiner wusste von den widerspenstigen Gefühlen des anderen. Als mich Matthias später an einem heißen Juli-Tag in der

Mittagspause bei der Arbeit mit zwei *Erdbeertörtli* in der Hand überraschte, klopfte mein *Herzli* bis zum Halszäpfchen. Auf der Sonnenterrasse zwang ich mich zu essen, um ihn nicht zu enttäuschen, aber mir war überhaupt nicht nach dem süßen Gebäck. Ich war total verlegen und es wurde kompliziert. Bestimmt waren meine Ohren röter als die Erdbeeren unter dem Geleeguss.

September 2000: Mit den roten Ohren und der Verlegenheit Matthias' gegenüber arrangierte ich mich mit der Zeit. Sein Platz in meinem Leben war der eines liebgewordenen Freundes. Mehr sollte nicht. Einen Freund darf man um einen ungewöhnlichen Gefallen bitten. Denn in Wellen überfielen mich Scheidungskoller und das Hickhack um das Sorgerecht. Das normale Prozedere halt, wenn Paare sich entlieben und Eltern bleiben. Ich liebe es zu baden, wenn es mir nicht gut geht. In meiner Wohnung gab es jedoch nur eine Minidusche.

So fragte ich Matthias an einem kinderfreien Septemberabend scheu an, ob ich bei ihm ein Wohlfühlbad – nur ein Bad, ich schwöre! – nehmen dürfte. Logisch, meinte er, öffnete seine Wohnung und zeigte mir sein Badezimmer. Er selbst zog sich diskret ins Wohnzimmer zurück und klimperte auf seiner Klampfe. Im Bad heulte ich Rotz und Wasser wegen der gescheiterten Ehe, meines halbangepatzten Lebens und machte mir Gedanken über die Zukunft mit der Kleinen. Das ganze Selbstmitleid-Programm, das es ab und zu braucht, um wieder auf den Boden der Realität abzusinken, spulte ich ab und konnte mich darin richtig entspannen und gehen lassen. Später wollte ich (angezogen!) ins Wohnzimmer tappen, um mich zu bedanken und schleunigst zu verabschieden, damit das aufgeräumte Wohlgefühl nicht verpufft. Und fand vor der Badezimmertür ein Kerzlein brennen.

Auf dem Nachhauseweg war es um mich geschehen. Wer mich in meinen heiligen Bedürfnissen respektiert, mir meinen Raum lässt und diesen sogar mit einem Lichtlein erhellt, ist eine aufmerksame Seele. Boah! Ich radelte nach Hause und gestand mir ein, dass es mich volle Kanne erwischt hatte. Nach diesem Abend sträubte ich mich nicht mehr und ließ zu, was seinen Lauf nehmen wollte. Wir trafen uns danach öfter und ließen trotz aller Vernunft (er auf dem Weg in eine andere Stadt, ich mit einem Kind an der Hand, dem beachtlichen Altersunterschied, der möglichen Bedenken meiner, seiner Familie ...) zu, uns richtig deftig ineinander zu verlieben. Unter einem majestätischen Baum in Schaffhausen küssten wir uns zum ersten Mal und gaben unserer Geschichte die Erlaubnis, geschrieben zu werden.

Heute, siebzehn Jahre später, anerkenne ich, dass Großes nicht aufgehalten werden kann. Der Tod nicht, die Geburt eines Kindes nicht und die Liebe nicht.

9 / 2017

Pfarrers Tupperdose

Der mittlere Sohnemann ist krank. Der Zwölfjährige hat uns eine Nacht beschert, die wir seit der Kleinkinderzeit so nie mehr erlebt haben: Mutter oder Vater werden von eindeutigen Geräuschen geweckt, schießen aus dem tiefsten Tiefschlaf hoch und sind nach einem Wimpernschlag mit Waschlappen, Handtuch und Schüssel einsatzbereit. Im Stundentakt verlief es letzte Nacht. Zu Spitzenzeiten manchmal im Halbstundentakt oder noch dichter. Was für die SBB-Pendler ein Segen ist, ist für Eltern auf die Dauer eine Folter. Daran erinnere ich mich an diesem Morgen, als ich wie gerädert am großen Familientisch frühstücke, mit einem tiefen Seufzer der Erleichterung. Eine Nacht lässt sich locker wieder wegstecken!

Meine Zellen werden jedoch nie die chronische Erschöpfung vergessen, die nach Ankunft des dritten Kindes ein Dauerzustand war. Der Jüngste mochte drei Jahre lang nachts einfach nicht durchschlafen. Er pflegte uns alle zwei Stunden zu wecken. Tagsüber war er ein wahrer Sonnenschein, dafür zogen die beiden Großen alle Register. Der Trotzkopf warf sich bei jeder sich bietenden Gelegenheit – am liebsten im Supermarkt vor Publikum – auf den Boden. Und die pubertierende Große beschimpfte mich als doofste und peinlichste Mutter der Welt. Während drei zermürbender, kräftezehrender Jahre fühlten sich mein Körper und meine Seele wie ein umgestülpter Gummihandschuh an: schlaff, verkehrt und Fußelig.

19

Mein Blick fällt auf die orangefarbene Tupperdose auf dem Tisch, die unsere Lieblingskäse – Sbrinz und Thurgauer Rahmkäse – beherbergt und andere Lebensmittel vor Geruchssemmission schützt. Menschenskind! Die ist ja immer noch bei uns! Das Gefäß gehört der Pfarrersfamilie. Unsere Töchter sind zusammen in die Oberstufe zur Schule gegangen und waren Freundinnen. Irgendwann ist diese Tupperdose nach einem ihrer Tratschausflüge zum See in unserem Haushalt gelandet. Ich habe es der pubertären Tochter wirklich einfach gemacht, die Dose gewaschen und sie neben der Haustür auf die Bank gelegt. Das Objekt hätte mit nur einem Griff der Familie, die bloß hundert Meter Luftlinie von uns wohnt, easy auf dem Schulweg zurückgebracht werden können.

Irgendwann war das Töppy – wie wir Plastikdosen familienintern liebevoll nennen – verschwunden. Ich ging davon aus, dass die Dose den Weg nach Hause gefunden hatte und war zufrieden mit meiner Tochter, dass sie in ihrer Teenager-Biestigkeit doch noch meiner Bitte nachgekommen war. Mitnichten! Monate später fand ich in ihrem Zimmer – das damals einer Müllkippe ähnelte – das orange Gefäß vergessen unter einem Stapel *Bravo Mädchen*. Die ganze emotionale Palette, die ich als angeschlagene Mutter mit drei Kindern in akuten Lebensphasen draufhatte, rollte an. Aber wollte ich nun tatsächlich wegen einer Tupperdose ein Drama inszenieren? Nein, gestand ich mir ein, auch dafür war schlicht keine Energie mehr übrig!

Nun, das ist mindestens sieben Jahre her! Die Dose wurde nie als vermisst gemeldet und ich habe es nie geschafft, sie zurückzubringen. Manchmal sind auch einhundert Meter bei Totalerschöpfung einfach zu viel! Und irgendwann vergisst man offene Rechnungen. Das passiert. Das Töppy ist mittlerweile ein Teil unserer Boxes-to-go-Garnitur. Und die große Tochter ist ausgezogen.

Es gibt so viele offene Loops, Angelegenheiten in meinem Leben, die ich einfach nie schliessen konnte. Drei Kinder, ein Mann, ein Riesenhaus, Herzensangelegenheiten (Beruf darf ich das, was ich liebe zu tun, wohl nicht nennen, solange keine Kohle reinkommt, oder?) und tolle Freundschaften, die alle gepflegt werden möchten. Jajaja, ich könnte ja etwas von all dem rauskippen – Lästerstimme, du hast vollkommen recht! Aber das eine wertet das andere auf und macht das Leben rund. Ich bin ein Kind der Vielfalt!

Es gibt einfach verschiedene Bedeutsamkeiten. Das habe ich gelernt, im Prioritäten setzen bin ich ein echter Profi. Auch jetzt wieder mit dem kranken Kind – die Kids kommen immer zuerst! Nestwärme geht immer vor. Heute habe ich zwei Termine abgesagt. Man kann wohl einen 12-Jährigen mal ein paar Stunden alleine lassen. Aber nicht einen kotzenden. Man kann eine Zwanzigjährige in die Welt ziehen lassen, aber wenn sie Liebeskummer oder grässliche Ohrenschmerzen hat – Mama kommt!

Darum bin ich beruflich nie auf einen grünen Zweig gekommen. Ich kann nicht mithalten mit dem ganzen Karrierekram. Mittlerweile rasen die 30-Jährigen auf der Überholspur an mir vorbei. Ich musste mir doch tatsächlich kürzlich in einer Weiterbildung von so einem jungen Ding anhören, dass so „dahergelaufene Hausfrauen, wie ich eine sei" das Niveau des Kurses senken würden. Autsch! Ja, manchmal tut es verdammt weh, den Anschluss im Berufsleben verpasst zu haben.

Aber grad jetzt finden die Tupperdose und ich: Es ist ganz in Ordnung so. Kranke Kinder lassen einen auch runterfahren, über Wichtiges nachdenken und helfen mir, die Kirche im Dorf zu lassen. Vielleicht bringe ich irgendwann das orange Plastikgefäß zu Pfarrers zurück. Gefüllt mit selbstgebrannten Mandeln oder so. Vielleicht aber auch nicht.

4 / 2016

Einen auf Forrest Gump machen

Es ist immer dasselbe: Kaum fällt im Außen die Betriebsamkeit ab und ich könnte eigentlich mal zur Ruhe kommen, hält mich mein Kopf auf Trab und raubt mir nachts den Schlaf. So konnte ich auch diese Nacht bis drei nicht einschlafen. Mein Hirn meinte wohl, es verpasse etwas, wenn es abschaltet. In den frühen Morgenstunden fand ich endlich ins Traumland. Ich fand mich in der Kultsendung des Schweizer Fernsehens *„Güsel"* den Werkhof putzen, weil *Gabriel, Oli und Michel** in den Ferien weilten. Im orangen Blaumann führte ich später die Buchhaltung der Müllabfuhr, bis mich eine ferne Stimme aus den schwarzen und roten Zahlen holte ...

"Maaaami, ich habe im Fall heute Schulreise!"

Es folgte ein Kaltstart aus den Federn, ein Check auf die Uhr, den Infozettel und in den Kühlschrank. In einer Viertelstunde fuhr der Bus! Es waren keine Wurst für das Waldfeuer und keine Chips (hoher Sozialfaktor an einem Klassenausflug!) im Haus. Das mittlere Kind war zum Glück schon selbständig unterwegs in die Schule. Dass es wahrscheinlich ohne meinen scharfen Kontrollblick die Zähne nicht geputzt hatte, war in diesem Moment nebensächlich. Die Große schlief ihren Open-Air-Lag aus, um die musste ich mich nicht mehr kümmern. Aber es entspannte meine Situation, dass sie im Haus war, weil ich in dieser Notsituation nicht ordnungsgemäß Fenster und Türen schließen konnte.

Mit dem Jüngsten galt zackige Arbeitsteilung: Er machte Frühstück und sich selber fertig für den Weg. Ich schnippelte in Windeseile Gesundes in eine Tupperdose, füllte noch schnell eine Trinkflasche mit Wasser und verstaute alles in einem Rucksack. Das Brot war alle. Deshalb hieß ich Sohnemann an, vorauszugehen, während ich ihm eine Vesper-Stulle organisieren und den Rucksack samt Proviant nachliefern wollte.

Der Sohn stand startklar in der Haustür und rief mir über die Schulter zu:

"Ich mach dann mal einen auf Forrest Gump und renne schon mal zum Bus."

Ich nickte, dankbar über meinen selbständigen Sohn, zog mir fluchtartig etwas über den Pyjama, schwang mich aufs Velo und radelte zum Bäcker, der zum Glück alles hat, was ein Kind für eine Schulreise dringend braucht. In Rekordzeit traf ich beim Treffpunkt ein. Doch mein Kind war noch nicht da! Die Lehrerin nahm mein improvisiertes Outfit mit Schmunzeln zur Kenntnis und beruhigte mich, es sei ja noch Zeit. Zur Reisebegleiterin sagte sie belustigt:

„Das ist der Rucksack und die Mutter eines Kindes. Das Kind fehlt halt noch!"

Haha. Ich fand es halb lustig und raste durchs Dorf von einer Bäckerei zur nächsten in der Annahme, dass der Sohn und ich uns missverstanden hatten. Ich bat die Verkäuferinnen, den blonden Zehnjährigen – falls er noch auftauchen sollte – umgehend zur Posthaltestelle zu schicken. Ja natürlich, das würden sie.

Zu meiner Erleichterung leuchteten die blonden Haare schon von weitem neben der Lehrerin, als ich wieder auf den Treffpunkt zufuhr. Unser Bub sah mich. Sein Blick ließ mich wissen, dass ich ihm außer Atem und in Pyjamahosen jetzt grad sehr peinlich war und ich ihn unter keinen Umständen mit einem Kuss verabschieden durfte.

Ich hatte verstanden, winkte ihm von weitem und machte mich vom Acker.

Zu uns ins Oberdorf muss man sich mit dem Rad die Anhöhe erarbeiten. Nach dieser Aktion setzte ich mich mit zittrigen Beinen und zerzausten Haaren an den Küchentisch, um mich zu sortieren und den Tag jetzt langsam angehen zu lassen. Die Buchhaltung vom Werkhof werde ich wohl nie fertigstellen.

Protagonisten der Schweizer Kultsendung „Güsel – die Abfalldetektive"

6 / 2015

Der Fudi-Engel

Ich ertappe mich dabei, dass ich auf Gläubige manchmal neidisch bin. Kirchgänger, die jeden Sonntag in die Kirche gehen oder Muslime, die freitags die Moschee besuchen, haben ihre wöchentlichen Rituale, bekommen Futter für die Seele und viel Gemeinschaft, in der auch Kinder ihren Platz haben. Da mir der Sinn abhandengekommen ist, den Mann am Kreuz anzubeten, wir es in der Konsequenz auch nicht von unseren scharfsinnigen Kindern verlangen können, gehen wir nicht zum Gottesdienst und wir beten auch nicht zu Tisch. Ich mag die biblischen Geschichten sehr. Ich mag Jesus als aufmüpfigen Hippie. Doch da es mir als Feministin in der Kirche zu männerlastig ist, finde ich Mystik eher in der Natur, singe zu Walpurgis mit modernen Hexen um ein Waldfeuer oder meditiere. Als Familie fehlen uns wiederkehrende Rituale der Gemeinschaft. Dachte ich.

Bis neulich der Mittlere Lust bekam, am zweiten Advent den Christbaum aufzustellen. Wir hatten keine schlauen Argumente dagegen und so sind wir zum Bauern und haben uns eine kleine Tanne geholt. Die Umzugskiste mit der Weihnachtsdekoration lagert für den Sommerschlaf unter dem Dachgiebel. Dieser ist nur über eine „Hühnerleiter" zu erreichen.

Wir wickelten jedes Einzelteil fein säuberlich aus Seidenpapier, begrüßten jede glitzernde Kugel, jeden kitschigen Baumschmuck wie einen alten Freund.

Der eine Stoffengel mit dem rosa Hintern ist seit Familiengründung vor mehr als zwanzig Jahren in der Kiste und wurde schon unzählige Male von Kinderhänden begrabscht und von Katzen zerzaust. Er hat alles überlebt. Mir wurde ganz warm ums Herz, wie ich den knuffigen Himmelsboten auspackte. Die Buben summten *Lars Christmas (Last Christmas)* und *Owi lacht (Stille Nacht – oh wie lacht)* beim Schmücken. Jedes Jahr werden die kitschigen Krippenfiguren mit Schleichtieren oder Playmobilmännchen ergänzt und in einer unorthodoxen Szenerie angeordnet.

„Wir haben ja doch unsere Rituale!", stellte ich freudig fest. Das Baumschmücken und das Aufstellen der Krippe sind jährlich wiederkehrende Rituale, an denen die Kinder festhalten, auch wenn wir die Sache mit Jesus nicht ganz auf die Reihe bekommen. Ich schreibe währenddessen Karten zum Jahreswechsel. Auch das ist mir ein wertvoller Brauch geworden. Dabei reflektiere ich die Begegnungen unter dem Jahr und fühle mich jeweils reich beschenkt und zugehörig zu einem Netzwerk von wunderbaren Menschen.

Beim Weitersinnieren über liebe Gewohnheiten, die uns Wärme und Halt geben, fällt mir etwas ein, was wie Zähneputzen zu unserem Alltag dazu gehört. Erst jetzt, wenn ich so darüber nachdenke, erkenne ich den Wert für uns als Familie, für die Beziehung zwischen uns Eltern und den Kindern. Jeden Abend lesen wir beiden Jungs aus einem von ihnen gewählten Buch vor und setzen uns zu ihnen auf die Bettkante. Dabei strecken sie uns ihre Hände und Füße entgegen, die mal sanft berührt oder mit festem Druck geknetet werden möchten. Es ist die kostbare halbe Stunde des Tages, wo alle Rollen abfallen und in der Geborgenheit ganz viel Nähe möglich wird.

In dem milden Übergang vom Tag in die Nacht singen wir, philosophieren über den Himmel und das Menschsein oder wir Eltern erfahren von den Alltagssorgen der Kinder. In einem dieser Kuschelmomente sagte einmal unser jüngstes Kind: *„Weißt du, Mama, bevor ich zu Euch gekommen bin, lebte ich im Himmel und habe als Engel die Erde umkreist. Dann habe ich Dich, Papa und meine Geschwister entdeckt und gedacht: Das ist eine coole Truppe! Da möchte ich als Baby zur Welt kommen."*

Wie wir unsern Baum fertig hatten, schickte ich der Großen, die flügge geworden ist und in der Innerschweiz lebt, auf Whatsapp ein Bild von dem geschmückten Baum, mittendrin der Stoffengel mit dem rosa Hintern, als Wimmelbild: *„Christbaum Aufrichte – finde den Fudi-Engel ☺".* Die Antwort kam postwendend: *„Den findet man immer! ☺"*

12 / 2016

Reizüberflutung und Grenzerfahrung

Meine Sinne sind Mimosen. Wenn einer zu sehr strapaziert wird, geht das grad so durch, aber wenn alle Rezeptorenknöpfe gleichzeitig gedrückt werden, bin ich hoffnungslos überfordert. Dann verliere ich mich und meine Mitte. Mein System schüttet Adrenalin oder was weiß ich noch für Stoffe aus (bin ja keine Medizinerin) und ist in höchster Alarmbereitschaft: Notwehr, Flucht, Überlebenstrieb, Kontrolle wiederherstellen. Ich bin überaus lärmempfindlich, verliere meine Orientierung in Menschenmassen, meine Etepetete-Nase mag am liebsten heile Waldluft und lange Autofahrten am Steuer sind für mich purer Stress.

Ein Campingplatz ist ein Akkumulat von all dem, was mich überfordert. Hinzu kommt, dass ein bisschen Zeltstoff wenig Schutz und Rückzugsmöglichkeit bietet. Aus diesem Grund standen Campingferien auf meiner „No-Go-Liste" direkt nach den Posten „in einer Metzgerei arbeiten" oder „als Soldatin in den Krieg ziehen".

Wie es das Leben so will, haben die Kinder andere Bedürfnisse als die Eltern. Unsere Buben lagen uns dieses Jahr in den Ohren:

„Bitte! Biitte! Biiiiiiitte! Campingferien!"

Nach langem Augenrollen willigte ich ein, die Gelegenheit zu nutzen: Unsere Lieblingsnachbarn mieten jedes Jahr am Lago di Lugano eine Parzelle auf einem Campingplatz. Die besuchten wir. Zwei Nächte.

Das war der Deal. Mehr traute ich mir einfach nicht zu, ohne vor Reizüberflutung zu kollabieren.

Es war beschlossene Sache. Ein Versprechen einzuhalten, ist für mich Ehrensache, auch wenn es mir einiges abverlangt. Ich behielt für mich, dass ich schon Tage vorher Schweißausbrüche und Herzrasen hatte. Nur schon die Packerei! Was da alles mit muss! Zelt, Schlafsäcke, Proviant, Kühlbox, Geschirr, Gummiboot, Kleider für alle Wetterkapriolen, Badesachen, Spiele ... Mangels Campingkocher legte ich Wasserkocher und Sandwichmaker, unsere einzigen und bewährten Küchenmaschinen, auf den Packhaufen. Damit lässt sich prima Kaffee, Tee, Beutelsuppe und warme Panini machen.

Am Sonntag vor der Reise besuchten wir die Großeltern in Schaffhausen. Nach dem Mittagessen überfielen mich im Wechsel Panikattacken (wegen der Tessinreise) und bleierne Müdigkeit (zwei Wochen Schulferien mit Jungs im Saft forderten ihren Zoll). Ich begrüßte, dass Vater und Söhne ins Freibad wollten. Dies schenkte mir eine Zeitinsel, um mich zu sortieren und meine Ohren in Stille zu baden. Der Waldfriedhof in Schaffhausen war mir schon immer ein Rückzugsort, wo ich mich regenerieren kann. Ich schob den Gedanken, ob es die Pietät erlaubt, auf dem Friedhof zu schlafen, weg und legte mich auf ein lauschiges Bänklein im Schatten.

Innert Minuten war ich weggedöst. Eine Frau schubste mich einiges später sanft an und fragte, ob alles in Ordnung wäre. Ich bedankte mich bei der Frau für ihre Fürsorge und dachte beglückt: *Was ist Schaffhausen doch für ein kleiner, heiler Ort! Man kann sich vertrauensvoll auf einer Waldbank schlafen legen! Jetzt fühle ich mich wieder erfrischt. Meine Welt ist in Ordnung.* Die Energie und Freude hielten nur kurz. Denn die Schlagzeilen am Montag erschütterten mich in Mark und Bein: Ein Kettensägen-Attentäter versetzte Schaffhausen in einen Ausnahmezustand. Er wäre flüchtig und hielte sich vorwiegend in den Wäldern auf, in denen ich am Vortag gerastet hatte.

Mit meinen blanken Nerven war ich versucht, unser Campingvorhaben abzusagen, doch nach einer kurzen, schlafarmen Nacht war ich erstaunlicherweise am Dienstag klar im Kopf und körperlich fit. Während der Vater auf dem Jakobsweg in der Westschweiz pilgerte, machte ich mich mit den zwei Jugendlichen alleine in einem bis unters Dach vollen Volvo auf ins Tessin. Wir fuhren bei Kälte und Regen los und wurden auf der Südseite des San Bernadino-Passes von strahlender Sonne und unserer Nachbarin auf dem Campingplatz mit offenen Armen begrüßt.

Ihre drei Knirpse empfingen uns in Badeanzügen und mit Eisspuren um den Mund. Beste, entspannte Ferienlaune strahlte aus ihren Augen. Die Parzelle hatte Seeanschluss und herrliche Sicht auf die Hügel. Beim Aufstellen der Zelte halfen unzählige kleine Patschhände und Ratschläge von hinzu geeilten Menschen. Es wurde mir schnell richtig fröhlich ums Herz, obwohl wir die Zeltstangen erst falsch montierten und den Aufbau noch einmal von vorne in Angriff nehmen mussten. In einer Stunde hatten wir alles installiert und ich konnte ein erstes, kühlendes Bad nehmen.

Zwei Nächte später waren meine pubertierenden Jungs so entspannt wie selten. Sie kümmerten sich rührend um die kleinen Knirpse und außer in der Nacht, wenn es um Platzverhältnisse und Furzabgänge im Zelt ging, stritten sie NIE. Der Pool, der direkte Seeanschluss, die Freiheit und Zeitlosigkeit und die vielen Kinder haben mich als Entertainerin überflüssig gemacht. Meine Jungs waren mittlerweile so selbständig, sich aus dem Vorrat selbst zu verköstigen. Ich war nicht dauernd mit der Nahrungsbeschaffung beschäftigt. Meine Kinder brauchten mich nicht. Drei Tage lang. Ich hatte Zeit, mit der Nachbarin vollständige Sätze zu reden und habe sonst NICHTS GEMACHT. Dies hat mein hyperaktives System binnen Stunden hinuntergefahren. Mich überraschte es sehr, wie wenig mich die Außenreize danach stressten.

Am ersten Abend walzte ein Kind meine Sonnenbrille auf der Liegewiese platt. So what!? Die junge Frau im Nachbarzelt spielte pausenlos Ukulele und den Gassenhauer „Over-the-Rainbow". Die liebste Musik kann zu Folterzwecken eingesetzt werden, wie man aus Guantanamo weiß. Wir haben uns aus der Ukulele einen Running Gag gemacht.

Verkohltes Fleisch macht mir als Vegetarierin zu schaffen. Doch ich wich den Grillgerüchen, die Tag und Nacht zwischen den Parzellen hindurchwaberten, einfach aus. Mein ökologisches Gewissen (geschätzte 70 % des Campingbedarfs besteht aus Plastik) hatte ich für diese kurze Zeit an der Rezeption abgegeben. Eine Partytruppe unterhielt die Nachbarn mit alkoholschwangerem Gelächter. Was ist Ohropax doch für eine segensreiche Erfindung! Das Liebespaar hatte ich dann bei meinem nächtlichen Pinkelgang zum zentralen WC doch gehört.

Unter dem Strich wurde das Campieren nicht zu der Grenzerfahrung, die ich befürchtet hatte. Die drei Tage verliefen wie an der Sonne vergessene Butter auf einem Plastikcampingtisch. Nur eine einzige Begebenheit jagte mir in dieser Zeit das Adrenalin richtig schnell hoch: Mein Sohn lud mich auf eine Gummiboottour ein. Das kommt bei einem Pubertierenden schon fast einer Liebeserklärung gleich. Also stieg ich ein und ließ mich auf den See hinaus paddeln. Seinem Alter entsprechend nicht erstaunlich, verließ ihn die Lust, er kündigte es kurz an, sprang mit Kopfsprung ins Wasser und schwamm zum Ufer zurück.

„Ja dann!", nahm ich seinen Stimmungswandel zur Kenntnis und das Paddel in die Hand. Im Grunde kam es mir recht, so konnte ich den See und das Boot für mich alleine genießen. Es waren wirklich nur wenige Minuten: Ich hatte nur tief durchgeatmet, nur kurz die Augen geschlossen und mich treiben lassen. Doch beim Öffnen der Lider staunte ich und mein Puls beschleunigte sich rasant. Der Nordwind und die Strömung hatten mich in Windeseile mitten auf den See geflutet! Weit und breit waren weder Schwimmer, Boote noch Ufer!

Wie immer in heiklen Situationen begann ich ein Selbstgespräch:

„Du warst schon mehr als einmal in Lebensgefahr. Du hast drei Kinder geboren, du weißt, was du aushalten kannst. Also! Du schaffst das! Hallo, Panik! Jetzt machen wir es wie immer, gäll! Du bist da, du hilfst mir, Gefahren zu erkennen. Das ist gut so. Aber jetzt schleich dich! Jetzt muss ich denken!"

Danach konzentrierte ich mich auf meinen Herzschlag. Ich sprach meinem Organ gut zu, dass es sich bitteschön beruhigen soll. Als mein Herz ruhiger und wieder weicher pumpte, appellierte ich an die Logik: Wo ist das nächste Ufer? Wie spare ich Energie? Wie komme ich am besten voran? Und wie kann ich den Gegenwind umgehen?"

Eine letzte Instanz gab schließlich die ultimative Schubkraft. Was meine engsten Mitmenschen an mir nicht so sehr mögen, war mir in dieser brenzligen Situation ein Segen. Es gelingt mir, wenn das Widder-Feuer richtig zum Kochen kommt, die Energie zu bündeln und in einem messerscharfen Strahl ein Ziel zu fokussieren.

Ruhig und zielsicher positionierte ich mich zuvorderst im Gummiboot und paddelte um mein Leben. Eine Weile später lief das Boot auf der Wiese beim Zeltplatz auf, von den besorgten Mitmenschen wurde ich wie eine Weltumseglerin mit Jubel empfangen. Knie, Oberarme und Gemüt reagierten, kaum hatte ich sicheren Boden unter den Füssen, mit heftigem Zittern. Das anschließende fröhliche Pizzaessen und der Tessiner Merlot besänftigten die flattrigen Nerven wieder.

Ich brauche Grenzerfahrungen nicht, suche sie bestimmt nicht freiwillig. Doch jedes Mal, wenn ich über meine Komfortzone hinausgehe und erfahre, dass es möglich ist, die eigenen Schranken zu erweitern, wächst etwas im Innersten. Ich staune immer wieder, welches Potenzial in uns Menschen schlummert, wie viele Kräfte zur Bewältigung von Situationen mobilisiert werden können. Mich persönlich haben Meditation, Yoga, Psychologie und die neusten Erkenntnisse aus der Hirnforschung in den letzten Jahren in Bezug auf meine Phobien und Abgründe enorm weitergebracht.

Ob den Verrückten mit der Kettensäge Yoga von seiner Tat abgehalten hätte, ist zu bezweifeln. Aber ich stelle die kühne Behauptung auf, dass den vielen überforderten Menschen oder der Gesellschaft im Allgemeinen mehr gedient wäre, wenn Kinder in der Schule weniger Mathematik und Grammatik eingetrichtert, dafür mehr Techniken der Resilienz gelehrt würden.

Ich bin bereits wieder im kühlen Norden, ein warmes Schaumbad hat meinen Kälteschock besänftigt. Meinen Jungs danke ich aufrichtig, dass sie mich zum Camping gedrängt haben. Ich bin wieder um Erfahrungen und Einsichten reicher.

Und ... wir haben für Juli 2018 eine Camping-Parzelle am Lago die Lugano reserviert.

7 / 2017

Mutter-Sohn-Gespräche

Mütter müssen

Spät abends nach einem intensiven Arbeitstag freue ich mich auf Lektüre und ein Glas Wein. Sohn, schon im Bett, ruft durch die angelehnte Tür:

"Maamaa, ich kann nicht schlafen, würdest du mich massieren?"

Ich, seufzend: *"Ach, nicht heute, ich bin so kaputt und ich habe es mir jetzt grad so schön bequem gemacht! Morgen, versprochen!"*

Sohn: *"Nein, jetzt. Bitte, bitte, bitte!"*

Ich, milde, hoffend, dass er etwas Nettes sagt: *"Warum sollte ich?"*

Sohn: *"Du musst!"*

Ich: *"Ich muss!? Warum?"*

Sohn: *"Weil du meine Mutter bist."*

Junger Wein in alten Schläuchen

Sohn: *"Darf ich einen Schluck von Deinem Wein?"*

Ich: *"Sicher nicht. Du bist viel zu jung!"*

Dann rutscht mir heraus:
"Wir sind doch keine Italiener!"

Sohn: *"Hä? Warum Italiener?"*

*Ich: "Mein Vater hat mir als Kind immer erzählt, dass
die italienischen Kinder den Wein quasi schon mit der
Muttermilch bekommen."*

Sohn: *"Also ob! Die italienischen Frauen haben doch
keinen Wein in ihren Brüsten!"*

Es geht ums Lernen, um die Einstufung und Weichenstellung beim Übertritt in die Oberstufe

Sohn: *"In Englisch und Französisch mündlich bin ich ziemlich gut. Ich verstehe einfach nicht, warum man immer so viel Grammatik und Schriftliches pauken muss."*

Ich: *„Na ja. Du wirst bestimmt ins Ausland reisen oder vielleicht in einem anderen Land arbeiten. Auch in der Schweiz ist Business Englisch sehr verbreitet. Oder stell Dir vor, Du verliebst Dich in ein Mädchen aus der französischen Schweiz oder aus England oder Australien. Dann wäre es doch fein, wenn Ihr Euch Briefe oder Mails schreibt und Du eine gute Falle (einen guten Eindruck) machst."*

Sohn: *"Warum schreiben? Ich schicke ihr dann doch eine Sprachnachricht!"*

Hausarbeit

Wieder einmal beim leidigen Geschirrausräumen:

Sohn: *"Ich finde, Hausarbeit ist Frauensache!"*

Ich, empört: *"Goht's no!? (Hast du noch alle) Bestimmt nicht mehr heutzutage! Und überhaupt, jeder muss seinen Beitrag im Haushalt leisten."*

Ich grüble darüber, was hier falsch gelaufen ist, als Sohn erwidert:

"Ja, aber im Dorf machen alle Mütter die Arbeit für ihre Kinder ..."

Ich, ganz spontan:
"Tja, da hast du Pech gehabt und Dir die falsche Mutter ausgesucht."

Sohn: *"Leider ..."*

Es grübelt weiter ...

Bahnfahrt:

Sohn: *"Du Mami, warum bekommt man Falten?"*
(schaut mich durchdringend an)

Ich: *"Tja, wenn man älter wird, wird die Haut müde und sie hat weniger Flüssigkeit in den Zellen darunter gespeichert."*

Sohn: *"Aha."* (schaut mich immer noch intensiv an)

Zwei Tage später:

Der Sohn muss die Geschirrspülmaschine ausräumen. Beim Öffnen der Tür dampft es ihm entgegen.

Sohn: *"Du gäll, Dampf ist doch gut für die Haut!?"*

Ich: *"Ja, das stimmt. Warum fragst du?"*

Sohn: *"Dann solltest du hier stehen und die Maschine ausräumen ..."*

Wellenreiten

Abends legen wir uns gewöhnlich noch ein wenig bei unseren Kindern ins Bett hin und lassen den Tag ausklingen, je ein Elternteil bei einem Sohn. Ich bin heute bei Jaromir, dem Größeren, dran. Der Achtjährige streicht zärtlich über eine lange Haarsträhne von mir und sagt:

„Dein Haar hat so schöne Wellen. Am liebsten würde ich darin surfen."

Schmelz ...

Ruben rennt

„No Problem, Mami, das schaffe ich!", sagte unser Jüngster, als wir die Hin- und Rückfahrt zur Physiotherapie besprachen. Er, der kleine Supersportler, hatte, bedingt durch Wachstum und Fußballeifer, Schmerzen in der Achillesferse, die wir durch gezielte Physiotherapie behandeln lassen mussten. Ruben geht gern. Seine junge Physiotherapeutin ist eine Wucht.

Oft hat er die fünf Kilometer von uns bis ins Physiozentrum im Regionalspital souverän mit dem Fahrrad zurückgelegt. Das Postauto fährt von Haustüre zu Haustüre und ist als Transportmittel aus unzähligen Fahrten allen Familienmitgliedern vertraut. An diesem Dienstag musste unser Zehnjähriger den Weg ins übernächste Nachbardorf alleine machen, weil wir Eltern beruflich unterwegs waren. Ruben entschied sich für den Bus statt für das Velo. Nachdem der Tagesablauf minutiös besprochen war, verabschiedeten wir uns am Morgen voneinander.

Am Abend saß ich nach einem gelungenen Tag glücklich und aufgeräumt auf dem Heimweg in der SBB, als mich die Whatsapp-Nachricht vom Vater erreichte und mein Mutterherz zum Hämmern brachte: *„Ruben hat den falschen Bus erwischt, ist jetzt zu Hause. Mehr später."*

Diese Mitteilung hat mich volle Kanne an meinem wunden Punkt erwischt: Mutter nimmt sich

Freiräume für ihre eigene Entwicklung und wenn etwas passiert, ist sie schuld. Mütter sind sowieso immer an allem schuld. Ich versetzte mich in den kleinen Kerl in der verirrten Situation und malte mir seine Ängste aus. Alleine im Zug mit all diesen Gedanken fühlte ich mich elend.

Mit dem Kindsvater zu telefonieren mochte ich aber auch nicht. Denn Grundsatzgespräche auf Distanz führen aus Erfahrung zu nichts. Wichtig war, die Gewissheit zu haben, dass Sohn wohlauf zu Hause und der Vater bei ihm war. Die Restfahrt kam mir unendlich lange und qualvoll vor. Ich war so sehr in Sorge, dass ich am liebsten nach Hause gerannt wäre.

Was Ruben mir dann schilderte, erschütterte mich und ich war froh, dass ich es aus seinem Mund beim Gutenacht-Kuscheln hörte und nicht als WhatsApp-Nachricht im Zug las. Der Junge hatte nach der Physiotherapie einen Bus, der fünf Minuten früher als seiner fuhr, bestiegen. Plötzlich sei er beim Bahnhof Amriswil gelandet und dann habe er schon gemerkt, dass etwas nicht stimmte. Er hätte keine Lust gehabt zu warten, bis der Bus zurückfuhr. Deshalb sei er nach Hause gelaufen. Von Amriswil bis zu uns sind es zehn Kilometer!

Zum Glück war der Vater zu Hause und hat den Jungen, der außer Atem war und sichtlich unter Schock stand, in Empfang genommen. Ruben musste die meiste Strecke durch das nicht ganz übersichtliche Amriswil, die kleinen Käffer, den

Waldabschnitt und entlang der Überlandstrasse gerannt sein!

Ich habe mir danach lange, lange Vorwürfe gemacht. Es hat Wochen gedauert, bis ich mich traute, darüber zu sprechen. Hätte ich es anders organisieren sollen? Muss ich ab jetzt immer zu Hause bleiben und unsere Kinder zu allen Außenaktivitäten begleiten? Bin ich eine Rabenmutter?

Nein, ich bin keine Rubenmutter! Was ich heute mit Sicherheit anders machen würde, ist, ihm ein Handy mitzugeben, damit er sich melden kann. Doch sonst komme ich zum Schluss, dass wir gar nichts hätten verhindern können. Es kann allen passieren, dass sie mal im falschen Bus sitzen. Manche sitzen sogar ein Leben lang im falschen Film. Ist es nicht eine Meisterleistung, was dieser Zehnjährige vollbracht hat!? Es gibt mir Vertrauen, dass er klug überlegen und Strategien entwickeln kann. Und das entspannt mich wieder, macht mich stolz auf den kleinen Kerl. Ein Glück war bestimmt, dass er dank seiner Fußballverrücktheit so fitte Beine hatte.

Es ist jetzt nicht so, dass ich meinen Kindern nur noch *Gaggi**-Situationen zur Stählung ihres Überlebensinstinkts wünsche und ich in der Brutaufzucht nachlässig werde. Aber ich traue meinen drei Kids grundsätzlich vieles zu. Daran hat auch der Zwischenfall nichts geändert. Wir Eltern können unsere Kinder nicht vor allen Risiken bewahren.

Das Leben ist per se ein Risiko. Ich habe mit meinen Kindern gelernt, dass es ihnen guttut, wenn wir Eltern ihnen etwas zutrauen. Sie wachsen daran. Ruben ist, nachdem er sich vom Schock erholt und von uns Erwachsenen vernommen hatte, was er Außergewöhnliches geleistet hatte, ein paar Zentimeter gewachsen. Innerlich unbedingt.

(*Gaggi = Schweizerdeutsch für Kacke, wird familienintern als Begriff für etwas, was einem ziemlich stinkt und einen fordert, verwendet. Jetzt schleicht sich anstelle so langsam das Wort Röhrfögg, eine Wortschöpfung des Vollpubertären, ein.)

11 / 2016

Alles für die Katz

Unsere Katze ist verschwunden. Spurlos. Ohne Ankündigung. Einfach weg. Lenny heißt der Kater, der noch nicht einmal ein ganzes Jahr bei uns gewohnt hatte, bevor er einen Abgang machte. Wir hatten ihn im Sommer 2016 für unseren Jüngsten nach dem Verlust seines ersten Kätzchens Wendelyn ins Haus geholt. Wir brauchten zwei Jahre, um die Bilder und den Schmerz seines grausamen Todes zu verdauen. Wendelyn hatte sich im Juni 2014 nachts im Kippfenster eingeklemmt, sich losgestrampelt, versteckt und am Folgetag auf unsere Rückkehr von der Wanderung gewartet und sich vor die Haustür gelegt. Der Tierarzt, der zufällig (!?!) vorbeifuhr, befreite es von den Qualen und das Kätzchen durfte in den Armen unseres Sohnes sterben. Es war entsetzlich. Für uns alle.

Und dann eben letzten Sommer. Endlich hatten wir den Mut und die Bereitschaft für einen neuen Fellkameraden. Lenny kam zu uns. Er stammte aus einer liebenswürdigen Familie und einem gesunden Wurf. Der Charmebolzen hat uns alle sofort um den Finger gewickelt. Das ganze Quartier hat er bezirzt mit seiner Verspieltheit und Liebenswürdigkeit. Ich bin auf einem Hof mit Katzen aufgewachsen. Lenny hat sie alle getoppt. Keine Katze vor ihm hat mich so begeistert wie dieser rote Kater.

Bevor er kastriert wurde, hatte er alle Textilien markiert. Ich habe ihm verziehen! Auch, dass er auf unseren neuen Parkettboden im Wohnzimmer geschissen und gepinkelt hat. Den Holzboden, den ich beschützt und verteidigt habe vor Kindern, Gästen und Trink- und Essgelagen. Ich hatte mich stets wie eine Türvorsteherin vor das Wohnzimmer gestellt und die Menschen nur mit Socken und ohne gefährliche Flüssigkeiten oder Proviant durchgelassen. Aber dieser kleine freche Kerl scherte sich einen Deut um meine Regeln und erleichterte sich einfach wonnevoll auf dem Parkett. Die Flecken sind heute noch deutlich sichtbar! Und es zieht mir ein wenig im Herz. Nicht wegen dem verfärbten Holz, sondern weil der Kerl verschwunden ist!

Jetzt sind es bald drei Wochen. Wir sind jeder Spur nachgegangen, haben Flyer verteilt, Tierarzt und Tierschutzorganisationen informiert. Die Kinder im Quartier sind wachsam. Doch niemand hat unseren roten Kater gesehen. Die Gefühle fahren Achterbahn. Hoffentlich ist er nicht verletzt und leidet. Der kommt schon wieder. Hör auf zu wimmern, es ist ja „nur" ein Tier. Ein roter Streuner wurde gesichtet: große Hoffnung. Nach der erfolglosen Suchaktion: herbe Enttäuschung. Mein Mutterherz leidet mit dem Kind.

Eine Wende in das *Gfühlsgstürm* brachte ein Telefongespräch mit einer Tierkommunikatorin. Man mag halten davon, was man will: Uns, vor allem unseren Sohn, tröstet es unendlich! Die Frau kann mit der Seele der Tiere reden. So hat sie am Telefon mit Lenny Kontakt aufgenommen und mir eins zu eins übersetzt, was der Kater ihr einflüsterte.

Lenny sei wohlauf. Es gehe ihm sogar richtig prächtig. Er hätte einfach keine Lust mehr darauf gehabt, der süße Schmusetiger der Familie zu sein. Er hätte das „Kerl sein" entdeckt und genieße die Wanderschaft und das freie Leben. Mit seinem Charme komme er überall zu Futter und Wasser. Vielleicht komme er irgendwann zurück, wenn er seine Freiheit und sein Machogehabe ausgekostet habe. Aber das wisse er jetzt noch nicht so genau.

Meinem Jüngsten, selbst kurz vor der Pubertät, gefällt diese Botschaft. Er hat über das ganze Gesicht gestrahlt, als ich ihm vom Telefonat erzählte und diese ungewöhnliche Kontaktaufnahme überhaupt nicht in Frage gestellt. Im Gegenteil:

„Das beruhigt mich total. Und ich finde es cool, dass jetzt Lenny das Leben erkundschaftet und zum Katzen-Mann wird!"

Ich bin froh, dass unser Sohn mit dieser Nachricht aus der anderen Welt Trost und Sinn findet, denn mir fällt es schwer, die richtigen Worte für eine nicht zu füllende Lücke zu finden. Ich vermisse Lenny schmerzlich. Er war der coolste Kater, den ich je kennengelernt habe.

6 / 2017

Der Silvester-Bann ist gebrochen

Mit vierzehn Jahren erlebte ich die bislang geilste Silvesterparty. Das Setting war perfekt: Ich war zum ersten Mal richtig, richtig glücklich verliebt, der Junge und ich gelobten uns ewige Treue und wir gehörten beide einer total coolen Clique an, die die Party ausrichtete. Wir hatten allesamt einen geschmeidigen Rausch, kugelten uns vor Lachen auf den Küchenfliesen und wir tanzten wie die Kosaken. Nie mehr kam ein Silvester an dieses damalige Gefühl von *„Genau so! Ausgelassen und übermütig muss sich das alte Jahr verabschieden, damit man vogelfrei ins neue starten kann!"* heran. Die darauffolgenden Jahreswechsel mit der Clique schmeckten aufgewärmt und schal, weil der Treueschwur der Teenagerliebe nicht anhielt und ich unter bitterbösem Liebeskummer litt.

Mit dem unsteten Lebenswandel wechselten jährlich Locations und Begleiter. Am letzten Tag des Jahres stimmte mal die Musik, mal die Entourage, mal der Partner nicht. Silvester fühlte sich stets wie eine Rakete mit lahmer Lunte an, die nicht losging. Allenthalben zog ich es vor, lieber mit mir alleine vor der Glotze als mit faden Leuten das Jahr zu verabschieden. Mit den Babys kamen die Jahreswechsel, bei denen wir Eltern um halb zehn vor Müdigkeit kapitulierten. Denn unsere Brut pflegte auch am Neujahrstag keine Ausnahme zu machen. Jahrelang grüsste uns täglich um fünf Uhr morgens das Murmeltier.

Es wurde nicht einfacher, gleichgesinnte Party-Familien zu finden, weil wir mit drei heranwachsenden Kids in verschiedenen Altern einen stetigen Spagat machten. Wenn sich die Teenagergirls verstanden, zofften sich die Knirpse so heftig, dass keine Partystimmung aufkommen wollte. Fanden sich Jungs in spannenden Lego-Turnieren, gähnten sich Eltern betreten an. Die Chemie stimmte so gut wie nie.

2016 ließen wir Silvester heranrollen wie eine unabwendbare Grippewelle, die über einen schwappt, aber nicht umbringt. *„Feiern wird sowieso völlig überbewertet!"*, sagten wir uns. Eine Reihe von Zufällen und Begegnungen katapultierten mich und meine drei Männer nach Hannover. Das liegt rund 700 km nördlich von unserem Wohnort, also nicht grad ums Eck für eine Silvester-Sause. Aber ich bin immer offen für Neues und eine Reise, hatte eine unbekümmerte Lust, einfach hinzufahren und mein Mann Matthias stimmte aus Mangel an Alternativen und mit Blick auf das Rahmenprogramm zu. Fünf Tage lohnten auch den Weg. Das in der Ausschreibung stehende „exzessive Fußballspielen" triggerte unsere ballgeilen Jungs. Sie waren dabei.

Ein prächtiges Gut empfing uns nach der langen Autofahrt. Es sah einladend und urgemütlich aus. Der erste Mensch, der uns begegnete, war ein Mann mit einem Gitarrenkoffer in der Hand. Matthias, selber passionierter Gitarrenspieler, entspannte sich. Das könnte gut werden. Es kam saugut!

Abgefahren! Durchgeknallt! Oberhammer! Und noch eine Reihe weiterer Superlative gäbe es, die meine Begeisterung und mein Glücksgefühl gar nicht vollständig zum Ausdruck bringen können.

Angefangen mit der Vollverpflegung. Jede Mutter, die jahrzehntelang täglich Stunden mit Nahrungsbeschaffung und -zubereitung beschäftigt ist, freut sich wie eine Königin, sich an eine gedeckte Tafel zu setzen. Ist das Essen lecker, werden die Kinder satt und zufrieden. Und bin ich, die Panik vor leeren Kühlschränken hat, gut genährt, ist das schon mehr als die halbe Miete.

Es hatten sich dreißig große und kleine Menschen eingefunden. Wir kannten niemanden. Als Schweizer Familie waren wir von Beginn weg die Exoten im Rudel der Deutschen. Unsere kehlig-knirschende Sprache war Aufhänger für allerlei neugierige Fragen und liebevolle Frotzeleien. Dies brachte unsere Jungs auf die Idee, ein Schwyzerdütsch-Quiz bei der Silvester-Gala als Showeinlage zu bringen.

Wir Eltern bekamen ein Kuschelzimmer. Die Jungs wurden mit Gleichaltrigen in einem Mehrbettenzimmer untergebracht. Da hüpfte das Testosteron vor Freude. Von unseren Jungs haben wir außer bei den Mahlzeiten und am Silvesterabend nichts mitbekommen. Sie waren absorbiert vom Fußballspielen und Hardcore-Memory. Beides betreute Helmut, ein vor Vitalität strotzender Mann Ende fünfzig, unter Einsatz seiner ganzen

Lebensfreude. Die Kinder hingen wie Trauben an der Rispe an ihm. Helmut hat bei uns jetzt Heldenstatus.

Die Erwachsenen machten Yoga, tanzten oder musizierten. In wenigen Stunden entstand in einer Runde ein Song, ein richtiger Ohrwurm, der kaum mehr aus dem Kopf ging. Zwei junge Schwestern Anfang zwanzig leiteten Singkreise und Improvisationstheater an. Ihre Natürlichkeit und Unbeschwertheit waren so gewinnend, dass wir älteren Semester uns ihnen anvertrauten und wie die Kinder herumalberten.

Die Tage waren gefüllt mit guten Gesprächen mit den Fremden, die nach kurzer Zeit zu Freunden wurden. Bei ausgiebigen Spaziergängen durch das von Backsteinhäusern geprägte Dorf und die topfebene Landschaft lüfteten wir den Kopf vom alten Jahr aus. Jeden Morgen traf sich die Gemeinschaft zu einem Austauschkreis. Wir wurden dazu eingeladen, das alte Jahr zu reflektieren und Wünsche für das neue Jahr zu formulieren. Es ist ein Geschenk, Zeuge von ganz persönlichen Visionen zu werden. Es ist das noch größere Geschenk, seine geheimsten Gedanken einem Feld von gutgesinnten Menschen anvertrauen zu dürfen und zu wissen, dass sie gut aufgehoben und wohlwollend mit in die Welt hinausgetragen werden.

Ich wünschte mir, dass ich bis Ende 2017 mein Buch TRUDE fertig geschrieben, mit einem Verlag ein wunderschönes, fertiges Paket geschnürt habe und dass mein Mann Matthias und ich mit unseren selbst komponierten Liedern mehr nach außen treten. Der darauf explodierende Applaus von sechzig stampfenden Füssen und frenetisch klatschenden Händen, die zustimmenden Blicke „YES! Go for it!" waren der geilste Zuspruch und Energiebooster, den ich je in meinem Leben für eine Herzensangelegenheit bekommen habe. Keiner zweifelte an meinem Vorhaben. Warum sollte ich es denn? Jeder Mensch sollte ab und zu im Applaus baden dürfen. Was da an Energien und Glauben freigesetzt wird!

Am Silvesterabend gab es eine bunte Gala mit Darbietungen, Gesang und Tanz. Der begnadete DJ Zorro brachte uns zum Schwitzen. Eltern wie Kids wirbelten zur wilden Partymusik herum. Um Mitternacht gab es ein offenes Feuer im Freien, Sternzeichenraketen sorgten für Stimmung. Es dauerte eine Weile, bis sich alle innig umarmt und der Menschheit alles Glück der Erde für 2017 gewünscht hatten. Es floss bescheiden Alkohol. Beschwipst haben die exorbitant gute Laune und die bunte Gemeinschaft aus Dicken und Dünnen, Schreihälsen und Leisetretern, wild Gestikulierenden und zarten Pflänzchen. Um halb zwei konnte ich mich nicht mehr auf den Beinen halten. Wir übergaben unsere Jungs bedenkenlos der Obhut der letzten Partyhasen. Sollten unsere Kinder doch tanzen bis zum Umfallen. An dieses Fest werden sie sich ein Leben lang erinnern.

Am Neujahrstag flossen Glückstränen beim Abschied. Eine Sehnsucht, die lange geschlummert hatte, war ans Licht gekommen und hatte sich mit diesen wundervollen Tagen erfüllt. Ich sehnte mich immer nach wohlwollender Gemeinschaft, in der Kinder und Eltern gleichzeitig Platz haben und auf ihre Kosten kommen. Ich bin so wenig wie die meisten Menschen für das 'Alleine-rum-wurschteln' geschaffen, in das uns die Leistungs- und Konsumgesellschaft manövriert.

Menschen brauchen Menschen, eine lebendige Gemeinschaft, die stärkt, statt Zweifel sät, die Lob statt Häme austeilt, die integriert, statt ausgrenzt. Frauen brauchen Frauen, Männer brauchen Männer, Kinder brauchen Kinder. Wir wachsen in einer guten Gesprächskultur, in der zugehört wird. Eine Willkommenskultur ist ein fruchtbarer Acker, auf dem sich Fremde begegnen, sich gegenseitig inspirieren und das Feld gemeinsam bestellen können. Spielen weckt in uns Erwachsenen kindliche Albernheit. Und schließlich sollten wir uns richtig fette Feiern gönnen, um das Menschsein und das Leben zu zelebrieren!

Die Jahresende-Celebration 2016 war eine Oase nach einem langen Ritt durch die Wüste. Möge mein Silvester-Bann für immer gebrochen sein!

1 / 2017

Das Ende der Schoggimuffins-Smarties-Ära

Ich bin eine höchst untalentierte Kuchenbäckerin. Dies haben meine drei Kinder in den letzten Jahren aushalten müssen. Die Große wurde neulich einundzwanzig Jahre alt. Ich erinnere mich an ihre erste Kinderparty am zweiten Geburtstag, als sei es gestern gewesen. Vor neunzehn Jahren hatte meine Karriere als durchzogene Geburtstagskuchenbäckerin mit der großen Tochter begonnen und endet jetzt mit dem zehnten Geburtstag des Jüngsten mit einem Paukenschlag: mit der allerallerallerallerletzten Kinderkuchen-Back-Aktion und einem Erlösungsseufzer aus tiefster Brust. Es reicht ja nicht nur ein Kuchen. In der Schulklasse wird heutzutage einer erwartet, in jedem Verein, am Kinderfest und wenn die Großeltern und Paten noch kommen, sind es gut und gerne vier, fünf Kuchen, die so ein Kindergeburtstag mit sich bringt. Alles mal drei hat uns Eltern dazu bewogen, jedem Kind nur bis zum 10. Geburtstag ein offizielles Kinderfest auszurichten.

Schokoladen-Muffins mit Smarties sind der einzige sichere Wert, den ich meinen Kindern habe anbieten können. Alle anderen Versuche, ihnen einen schönen, lustigen, hippen, angesagten, wohlschmeckenden Kuchen zu backen, scheiterten. Kläglich.

Andere Mütter schafften es mit links, ihren

Kindern die Wunschkuchen zu backen. Großartige Kreationen gab es bei anderen Kindergeburtstagen: Torten und Kuchen mit Lillyfees, ganzen Fußballszenen, Bob, dem-Baumeister und seinem Wagenpark, Yakari hoppelte über eine Tortengussprärie, Barbie und Ken küssten sich in Marzipan und noch viele andere Zauberwerke. Die Latte lag immer sehr, sehr hoch.

Immer schon Wochen vor dem Jahrestag hatte ich Schweißausbrüche. Einmal im September und ganz schlimm im Januar. Kaum war der Weihnachtszirkus vorbei, schlotterte ich schon beim Gedanken an die beiden kommenden Kindergeburtstage im Februar. Vor meinen Kindern versteckte ich die Versagenspanik so gut es ging. Ereignis um Ereignis nahm ich einen neuen Anlauf. Ich wollte meine Knirpse nie enttäuschen, sie nicht erneut vor ihren Freunden langweilig dastehen lassen.

Einmal besorgte ich uns ein supercooles, bebildertes Backbuch mit tollen Inspirationen. Dieses Mal sollte es gelingen! Nun, auch dieser Kuchen wurde eine Pampe, ein regelrechtes Desaster, weil die Zutaten aus dem deutschen Zauberbuch sich nicht eins zu eins durch Schweizer Produkte hatten ersetzen lassen. Buttercreme und Fruchtglasur sahen einfach nur traurig aus! Danach sagte ich beherzt zu meinen Knirpsen: *„Sorry, Kinder, ich pack das nicht! Ab jetzt gibt es Schoko-Muffins mit Smarties, das kriege ich hin!"*

Die haben sich über Jahre bewährt.

Nun also die letzte Backaktion für den Jüngsten. Dieser erklärte sich zur Mithilfe bereit. Er ist sehr einfühlsam und weiß mittlerweile, was ich durchmache. Nach zwei Stunden Schmelzen, Rühren, Dekorieren von drei Schokoladenkuchen in Varianten (Muffins für die Schule, eine Torte für die Geburtstagparty, einen Cake für seine Fußball-Mannschaft), stöhnte Sohnemann: *„Ich mag nümme!* *Und mir ist schlecht vom Schlecken."*

Ich erklärte mich bereit, alleine die Küche aufzuräumen und entließ ihn in die Sonne zum Fußball spielen. Er hatte mein ganzes Mitgefühl, denn er sprach mir aus dem Herzen: *Ich mag au nümme!**

Der Kuchen ist ja das eine. Das andere – die Kinderpartybespaßung – ist für Eltern auch eine enorme Herausforderung. Für die Knirpse ist eine coole Geburtstagsfete ein Gradmesser der Beliebtheit. Die Angebote haben sich in meiner einundzwanzigjährigen Mutterkarriere exponentiell entwickelt. Früher reichten ein wenig Ringelreihen und Schlangenbrot am Feuer. Heute sind Besuche im Kino, bei MacDonalds, in Indoor-Spielplätzen und Funparks angesagt. Alles schön deftig ins Geld gehend.

Wir sind eher die Frischluft- und Einfach-ist-gut-Menschen. Wir haben die Erfahrung gemacht, dass Kinderhorden am besten im Wald oder im Freien zu bändigen und zu begeistern sind. Doch es hatte sich gezeigt, dass manche Knirpse bei frischer Luft und Wald die Krise bekommen. Eltern reagierten heftig auf dreckige Schuhe und eine mögliche Zeckengefahr, die von Ärzten und Medien zu einer Massen-Hysterie hochgepeitscht wird. Wir sind da ziemlich pragmatisch und finden nach wie vor, dass man sich auch ohne Impfung, mit guter Kleidung, Zeckenspray und Nachkontrolle entspannt in der Wildnis des Schweizer Mittellandes bewegen kann.

Das Fest unseres Jüngsten war ein schöner Schlusspfiff nach einer langen Ära. Das Wetter war uns hold. Neun Jungs waren eine gute Bande zum *Tschutten* (Fußballspielen) und dem beliebten *Räuber und Poli* (Versteckfangen). Ganz ohne Erwachsene tobte sich die Truppe zwei Stunden lang aus und vergaß die Zeit. Hungrigen Raubtieren gleich, machten sie sich danach über das Raclette her. Die anschließende Schnitzeljagd über den Friedhof und durch den nachtdunklen Wald bescherte den Jungs die richtige Dosis Gänsehaut. Unser Jüngster flüsterte beim Einschlafen: *„Es war ganz schön gruselig. Aber das war ein total cooler Geburtstag. Schade, ist er schon vorbei!"*

Mit diesem Wochenende geht nun meine Schoko-Muffins-mit-Smarties-Ära zu Ende und ich bin ziemlich happy darüber.

*ich mag nicht mehr

5 / 2017

Nuggnägel - Familiencodes

Wahrscheinlich kreiert jede Familie im Laufe des Zusammenlebens so ihre eigenen Begriffe und Wortschöpfungen. Die werden dann oft Familiengeheimcodes, die von Generation zu Generation weitergegeben werden und die Außenstehende nicht verstehen. Wir lieben und hüten unsere Kreationen! Manchmal entstehen sie aus süßen Plapperworten (z. B. „Atsch" für Ketchup). Es kommt vor, dass wir einen Begriff nicht kennen und einfach selber erfinden.

Wir haben zum Beispiel bis heute nicht herausgefunden, wie man das Häutchen nennt, das sich vom Fingernagelbett löst, schmerzhaft einreissen kann und bei jeder Handarbeit lästig ist. Man möchte diesen Störenfried abbeissen, doch dies macht die betroffene Stelle wund und alles schlimmer. Statt lange um den Brei zu reden, was den nun bei Spiel und Werken beeinträchtigt, nennen wir familienintern das Problem:

„Ich habe einen „Nuggnagel."

Alle wissen, wovon der Betroffene spricht, dass es unangenehm, aber nicht lebensbedrohlich ist und halt einfach Geduld braucht, bis sich das Häutchen ausgewachsen hat. Ganz genau lässt sich nicht eruieren, von wem der Ausdruck stammt, wann oder wie er geschaffen wurde. Wahrscheinlich kommt er vom Nuckeln (*Nuggele* in Schweizerdeutsch) und Rumbeißen am Fingernagel.

Inspirationen sind aber auch Personen. So haben sich bei uns zwei Redewendungen etabliert, die durch zwei Frauen angeregt wurden, die längst in Frieden ruhen. Beide wissen nicht um ihr Glück, dass sie bis heute in unserem Alltag lebendig, fast legendär sind. Die eine ist Pauline. Meine Mutter arbeitete in den Fünfzigerjahren in einem Wirtshaus als Mädchen für alles. Die Chefin des Hauses war eine gestrenge Feldwebelin, die den Laden diszipliniert führte. Sie pflegte allen, insbesondere meiner Mutter, die damals blutjung und formbar war, zu sagen: *„Man geht nie leer!“* Damit meinte sie, dass in dem grossen Betrieb immer etwas von A nach B zu tragen war, man den Kopf bei der Sache behalten musste und es eine Verschwendung war, mit leeren Händen durch die Gegend zu spazieren.

Ich lernte den Begriff quasi mit der Muttermilch. Wir fünf Kinder wuchsen mit Eltern und Großeltern in einem mehrstöckigen Bauernhaus auf. Meine Mutter legte Kleider, Gefässe, Werkzeug usw., die von einem Stock zum andern befördert werden mussten, auf den Treppenabsatz. Und immer, wenn jemand der vielen Menschen nach oben oder unten stieg, musste er das Gut mitnehmen und zum Zielort bringen. Ich habe später dasselbe meinen Kindern eingeimpft.

Auch wir leben in einem mehrgeschossigen Haus. Und statt ein einzelnes Playmobilmännchen in die

Spielkiste im Dachgeschoß zurückzutragen, liegt es auf dem Treppenabsatz, bis der nächste im Estrich das Klopapier zum Nachfüllen holen muss. Die Kinder dürfen auch nie vom Tisch, ohne etwas abzutragen. Heutzutage verkauft man das als energie- und ressourceneffizient in teuren Coachings. Es amüsiert uns, dass Pauline selig uns beim Ordnung halten hilft, obwohl niemand die Wirtsfrau persönlich gekannt hat.

Großmutter Elsa ist die andere, an die ich regelmäßig denken muss. Grosi Elsi wohnte mit uns auf dem elterlichen Hof. Sie stand im Schatten unseres Großvaters, der als Politiker und Zampano in der Region im Außen wirkte. Elsa dominierte aber im Haus mit ihrer Präsenz. Unter uns heranwachsenden Enkeln schlich sich hinter vorgehaltener Hand die Redewendung *„Tu nicht so elsig"* ein.

Damit waren die komplexen Eigenschaften unserer Grosi in einem Begriff zusammengefasst: *„Sei nicht knauserig. Stecke Deine Nase nicht in Angelegenheiten, die Dich nichts angehen. Sei nicht so wehleidig. Zier Dich nicht, wenn man Dir etwas anbietet – alle wissen, dass Du es Dir dann nachher hintenrum holst."*

Elsa war besessen neugierig, eine heimliche Schlecktante, hatte viele Zipperlein und sparte. Sie machte nachts zum Beispiel, wenn sie zur Toilette musste, nie Licht und tappte im bodenlangen Schlafrock und gefährlich ausgelatschten Pantoffeln durch die Dunkelheit über die verschiedenen Treppenabsätze. Sie verwendete für das feuchte Geschäft nur ein Blatt Toilettenpapier zum Abwischen. Ganz übel war, dass ich manchmal gefaltete, zum Trocknen ausgelegte Klosettblätter auf den Badewannenrand zur Wiederverwendung fand. Ich habe nie nachgefragt, wie sie es mit dem großen Geschäft handhabte. Das wollte ich nicht wissen.

Komisch war, dass Elsi, wenn sie keinen Strom für den Staubsauger verschwenden wollte, mit Kehrschaufel und Handbesen den Teppich wischte. Die hartnäckigen Restkrümel hat sie anschließend mit einem mit Spucke benetzten Finger weggetupft. Von ihr übernommen habe ich, Geschenkpapier und -bänder wiederzuverwenden.

Ich bügle sie zwar nicht, wie Elsa es zu tun pflegte. Aber ich finde, es macht viel Sinn, guterhaltenes Material mehrmals zu verwenden. Es ist das Bewusstsein, dass man nichts verschwenden, wir mit Ressourcen sorgfältig umgehen sollten und nichts selbstverständlich ist, was mich oft an sie und mein Elternhaus erinnert. Man kann Sparsamkeit bis zum Exzess betreiben, aber Güter und Wohlstand wertschätzen, das ist auch mein Credo.

Bei aller elsigen Kauzigkeit, ich mochte sie sehr. Aus meiner Kinderperspektive war eine andere Seite für mich viel wichtiger. Sie war meine Grosi, füllig, weich, erfrischend schrullig und lieb. Sie war meine kleine Ruheinsel in meiner lebhaften und sehr lauten

Familie. Ich liebte es, abends in ihrer Wohnstube zu sitzen, ihr beim Stricken Gesellschaft zu leisten. Wie schön war es, mit ihr im Advent Lieder im Kerzenschein zu singen. An Weihnachten gab es für alle zwölf Enkel selbstgestrickte Socken, Schokolade und einen Fünflieber. Man kann elsig tun UND ein warmes Herz haben! Und unvergesslich bleiben.

Werde ich meine Enkel auch einmal zu einer Redewendung inspirieren? Hoffentlich zu etwas Charmantem ...

9 / 2016

Die Sinalco-Flasche
auf der Baustelle

Zwei große Brüder sind eine Plage für ein kleines Mädchen. Ich bin die Jüngste von fünf Geschwistern. Die beiden Schwestern – neun und elf Jahre älter als ich – waren schon früh flügge und hatten mich mit den Brüdern zurückgelassen. Diese piesakten mich, wann immer sie dazu Laune hatten.

Auf der Wiese hinter unserem Obstgarten baute der Gemeindepräsident ein Haus. Es war uns Kindern strengstens verboten, uns auf der Baustelle aufzuhalten. Doch wann immer die Handwerker Feierabend hatten und unsere Eltern noch auf dem Feld oder in den Reben waren, schlich ich auf den Rohbau. Zwischen den Betonwänden war mein Abenteuerspielplatz. Es machte großen Spaß, um die herausragenden Stromkabel, die Stahlgitter und die Holzbalken zu balancieren und mir vorzustellen, wie das fertige Haus dereinst eingerichtet werden könnte.

Einmal entdeckte ich, dass die Maurer ihre Getränke im zukünftigen Wohnzimmer hatten stehen lassen. Neben leeren Bierflaschen stand eine halbvolle Flasche mit *Sinalco*. Wie ich diese gelbe Limonade aus Zitrusfrüchten liebte! Ganz anders als heute, waren für uns Bauernkinder in den frühen Siebzigerjahren Süßgetränke oder Schlecksachen seltene Glücksgüter. Es gab sie nur zu Geburtstagen und Feiertagen.

Der köstliche Nektar sah zu verführerisch aus! Es war niemand in Sichtweite und ich überlegte blitzschnell, dass es nicht auffallen würde, aus der angebrauchten Bügelflasche zu trinken. Der Verschluss ließ sich leicht öffnen, ich setzte die Öffnung vorsichtig an die Lippen, kippte das Glas und erwartete süße Freude am Gaumen. Reflexartig spie ich jedoch die Flüssigkeit in weitem Bogen wieder von mir. Sie schmeckte bitter, eklig und sie stank nach ... das durfte doch nicht wahr sein ... doch: nach Urin!!!

Plötzlich hörte ich Gekicher und als ich den Kopf umwandte, sah ich zwei Bubenköpfe im glasfreien Fenster auftauchen. Meine Brüder grinsten mich breit an und konnten sich vor Lachen nun nicht mehr halten. Mir trieb es Tränen in die Augen. Blitzschnell verließ ich den Ort des Grauens, rannte zum Hof zurück, spülte mir den Mund aus und suchte meine Rückzugsecke auf. Lieblingskatze Molly kam angelaufen, kuschelte sich auf meinen Schoß und ließ es gewähren, dass ich den kindlichen Kummer in ihr Fell weinte.

Heute schmunzle ich über die üblen Streiche meiner Brüder und denke mir, dass ich dank ihnen nicht so leicht unterzukriegen bin.

11 / 2016

Die Welt, die Mitwelt und zwischen den Welten

Ich bin ein Freigeist. Seit ich denken kann, zieht es mich in die Ferne, in die Weite und in höhere Sphären. Dann und wann reisen wir als Familie. Mit Kind und Kegel war es nicht immer so lustig, wie wir Eltern uns das vorstellten. Wir wohnen in einem Haus in erhöhter Lage am See. Zum Glück haben wir, wenn wir am Küchentisch frühstücken, einen schmalen Sehschlitz zum Wasser, zwar nur zwischen Nachbars Weißtanne und der Trauerweide des Friedhofes hindurch, doch immerhin – wir haben ihn, den Ausblick über den See, wo das Ausland, die Anderswelt und die Freiheit anfängt. Von dort aus mache ich Kopfreisen.

Gogi und Nonno –
zwei Hähne gehen auf große Reise

Meine Schulfreundin ist eine häusliche Zeitgenossin, die es sich in ihrem kleinen Reich im Nordosten der Schweiz gemütlich eingerichtet hat. Sie kümmert sich liebevoll um ihre Sippe, Freunde und ihren kleinen Zoo. Meines Wissens hat sie die umliegenden Nachbarländer gestreift, aber weit in die Welt hinaus trieb es sie nie. Es hat etwas Witziges, dass ihr das Schicksal zwei exotische Schwiegersöhne ins Haus geschneit hat. Einer stammt aus der Slowakei, der andere aus dem Senegal.

Der Afrikaner lebt seit mehreren Jahren in der Schweiz, spricht lupenreines Deutsch und hat sich durch verschiedene Jobs ein breites Know-how erworben. Er und seine frisch Angetraute haben meine Freundin letzten Sommer zur Großmutter gemacht und wohnen mit dem Säugling in einer kleinen Zürcher Stadtwohnung. Ganz zum Unbehagen meiner Freundin, plant das Paar, ins Heimatland des Vaters auszuwandern und dort eine neue Existenz aufzubauen. Mit einer Hühnerfarm.

Der geschäftstüchtige Senegalese klapperte im Vorfeld Brockenhäuser ab, um intakte Gegenstände für seinen Zwischenhandel zu erwerben. Am Straßenrand deponierten Wohlstandsmüll packte er beherzt in seinen klapprigen Renault. In der kleinen Stadtwohnung stapelten sich die Güter, die zum Wiederverkauf im Heimatland geplant waren. Für seine Hühnerzucht erstand er ein Inkubationsgerät.

Mitte Dezember lieh sich die Tochter bei ihrer Mutter einen alten Schrank aus. Schnell verstand meine Freundin, dass sie das Möbel nie mehr unversehrt zurückbekommen würde. Denn in den Kasten zogen vorübergehend zwei prächtige Schweizer Hähne ein und wurden nach den Schweizer Großvätern benannt: *Gogi und Nonno* feierten mit der kleinen Familie, der Schweizer Verwandtschaft der Tochter und den afrikanischen Freunden des Kindsvaters Weihnachten. Meine Freundin fand es amüsant.

Der Familienvater sollte vorerst die Reise alleine antreten. Frau und Kind würden nachkommen. Im Januar stand der kleine Renault, bis unters Dach vollgestopft, abfahrbereit. Eine Schachtel befruchtete Eier krönte das Unterfangen und ganz am Schluss wurden *Gogi und Nonno* in die letzte Lücke verfrachtet.

Von Zürich bis nach Dakar sind es siebentausend Kilometer. Auf der langen Strecke verkaufte der Geschäftstüchtige fortwährend Artikel aus seinem Sortiment, um sich damit den Treibstoff zu finanzieren. In nur sieben Tagen erreichte der unerschrockene Mann sein Ziel. Wie er es geschafft hat, mit dieser kleinen, zum Bersten vollen Büchse so schnell zu fahren, bleibt ein Rätsel.

Meine Freundin weiß auch nichts Genaueres, wie es *Gogi und Nonno* während der Fahrt ergangen ist. Ich stelle mir vor, wie die beiden Schweizer Hähne nach dem siebentägigen Trip im fernen Senegal benommen aus dem Auto torkeln. Wir wünschen ihnen, dass sich der Klima- und Kulturschock in Grenzen hält und der afrikanische Boden fette Würmer hergibt. Mögen ihnen ein paar glückliche Jahre als Gebieter über eine stattliche Hühnerschar beschert sein.

6 / 2017

Bergflirt

Was haben Freiberufler und Pensionäre gemeinsam? Sie können einen Prachttag beim Schopf packen und in die Berge fahren, mitten unter der Woche, wenn die Schüler und Angestellten ihre Pflicht absitzen müssen. So fuhr ich gestern an einem dieser fantastischen, sonnigen Altweibersommertage in der Chäserugg-Gondel inmitten einer weiblichen Seniorengruppe Richtung Berg. Die pensionierten Frauen hatten allesamt pfiffige, praktische Kurzhaarschnitte in Weiß oder Grau, meliert oder mutig gefärbt. Alle trugen die typisch schweizerische Wandergarnitur: karierte Kurzarmhemden, beige, dreiviertellange Funktionshosen, hochwertige Bergschuhe und Wanderstöcke. Als heranalternde Fünfzigjährige fühlte ich mich blutjung mittendrin und freute mich mächtig über die ausgelassenen, vitalen Seniorinnen. Wenn das Alter so viel Spaß macht, sind das schöne Perspektiven, befand ich gut gelaunt.

Die neue Chäserugg-Bergstation entlockte mir dann ein begeistertes WOW! Gelungen ist der Neubau ganz in Fichte. Noch mehr Frohsinn bereiteten mir das umwerfende Panorama über den Walensee, auf allerlei Berge (wovon ich einzig den Säntis beim Namen kenne) und die anschließende fünfstündige Wanderung. Meine Trittsicherheit wurde im Steilhang Richtung Gluristal auf die Probe gestellt. Dafür belohnten mich faszinierende Felsformationen und prächtige Blumen, die den Weg säumten. Über lange Strecken war ich ganz alleine im Hochtal. Der Weitblick und die Schönheit machten mich so fröhlich, dass ich ungeniert aus voller Kehle sang. Volkstümlich war mir zumute. Manchmal hat ein *Murmeli* (Murmeltier) zurückgepfiffen.

Es war wahrlich ein Prachttag! Während des Wanderns hat man auch Zeit, die Gedanken zu *püschelen**, tief durchzuatmen und überflüssigen Firlefanz im Kopf loszulassen. Oder aber man erinnert sich. Es fiel mir eine Anekdote vom Vorjahr ein, die mir damals ein breites Lächeln und Schamesröte ins Gesicht zauberte.

Weil meine Pappenheimer meistens keine Wanderlust haben, bin ich oft alleine unterwegs in der Höhe. So auch an diesem Tag im letzten Herbst. Die Vierergondeln waren spärlich besetzt, ich hatte eine ganz für mich alleine. Bei der Bergstation angekommen, begrüßten mich zwei grosse Plüschtiere, die an einem Mast festgebunden waren. Der Anblick hat mich so sehr überrascht und amüsiert, dass ich lachen musste. Noch beim Aussteigen schmunzelte ich vor mich hin.

Ein Mann mit Schnauz öffnete mir die Gondeltür und ich lachte ihm geradeheraus ins Gesicht. In diesem Moment sprang ein kleiner Funken zwischen uns, den man noch eine Weile in sich trägt, auch wenn man die andere Person nachher aus den Augen verliert. Der Bergbahnangestellte war einiges jünger als ich, braun gebrannt und smart, mit blendend schönen Augen, sehr wortkarg. Ein Mann aus den Bergen halt.

Ich bin auf den Gipfel, habe noch ein bisschen diesen prickelnden Moment nachklingen lassen, aber dann beim Wandern vergessen. Ja, was soll ich denn anderen Männern nachträumen! Ich weiß doch, wo ich hingehöre und ich habe überhaupt keinen Bedarf, unter dem Zaun hindurch zu weiden. Und für so einen jungen, hübschen Burschen passte ich eh nicht ins Beuteschema.

Nun, man trifft sich ja bekanntlich immer zwei Mal im Leben. Dem feschen Bergler musste ich bereits nach der Runde auf dem Berg wieder über den Weg laufen. Wir lächelten uns verlegen zu, brachten aber beide kein Wort über die Lippen. Ich stieg in die Kabine talwärts, die ich wieder für mich alleine hatte. Sie fuhr los und ich war erleichtert, das Intermezzo schnell hinter mich zu bringen und am Abend meinem Liebsten zu erzählen.

Die Gondel machte die Kurve um das große Rad in der Bergstation. Plötzlich ruckelte es und die Bahn stand still. Da klopfte es an die Gondelscheibe. Ich erschrak mich zu Tode und fuhr herum. Der junge Bursche reichte mir über das halboffene Fenster eine Handvoll Pralinen und schenkte mir sein allerschönstes Lachen. Ich wurde knallrot wie ein Teenager und nahm die Schokolade verdattert entgegen. Dann ließ er die Bahn wieder fahren und mich von dannen ziehen.

Auf dem Berg erlebt man immer etwas! Der Flirt mit dem feschen Burschen hatte mir schon ziemlich geschmeichelt, muss ich eingestehen. Die Fahrt im Rudel der fröhlichen Rentnerinnen machte mich weit weniger verlegen.

püschelen ist ein schweizer Verb. Es umfasst in einem Wort den Akt, Lieblingsstücke, wie auch Babys sorgfältig an einen Platz hinzulegen, sogar mit der Hand zärtlich darüber zu streichen, weil es einem so viel bedeutet. Das geht auch mit Gedanken.

9 / 2016

Kalter Angstschweiß
in New Orleans

Für New Orleans hatte ich lange gespart. Mitte Zwanzig waren die Mittel und drei Wochen Urlaub beisammen für den Sprung über den Atlantik. New Orleans beeindruckte mich. Ich fuhr mit dem Schaufelraddampfer auf dem Mississippi, hörte Dixie und Jazz in schummrigen Bars und sah den Mond über der Bourbon Street. Auf Trödelmärkten stöberte ich antike Bücher und Bilder auf und beim Bestaunen der prächtigen Holzgebäude anerkannte ich, dass die Architektur dieser Stadt eines der wenigen schönen Erbe aus der Kolonialzeit ist.

Im French Quarter trank ich die beste heiße Schokolade meines Lebens, ob es an der Bourbon Vanille oder am Marshmallow lag, kann ich nicht mehr sagen. Dass ich mit Patti Smith in einem Plattenladen geplaudert hatte, realisierte ich erst, nachdem ich bereits aus dem Geschäft war und mich beim Schlendern durch die Gassen fragte, warum mir diese Frau bekannt vorkam.

Ich bin es gewohnt, lange Strecken zu Fuß zurückzulegen. Auch auf Reisen. Mir gefällt die Langsamkeit und die Fülle an Sinneserfahrungen, die das Schlendern durch die Gegend ermöglichen. So überbrückte ich auch die Strecke von einem Kilometer vom Hotel zum Supermarkt einer befahrenen Straße entlang ganz entspannt. Ein

Wagen hielt plötzlich an und eine sehr beleibte Frau sprach mich entsetzt an:

„What the fuck, why are you walking!? Steig ein!"

Von der Frau sah ich keine Gefahr ausgehen, sondern eine willkommene Gelegenheit, mit einer Ansässigen ins Gespräch zu kommen. Beim Anfahren griff sie in eine riesige Tüte *Pork Skin*, die auf ihren feisten Schenkeln lag, und bot mir anschließend von den getrockneten Schweinehautchips an. Ich lehnte dankend ab und erfuhr, während sie beim Sprechen mit offenem Mund Krümel an die Scheibe spuckte, dass die Amerikaner Autofahrer wären und nur Verrückte zu Fuß gingen.

New Orleans war fast perfekt für meinen Reiseappetit, doch dem Meer so nah zu sein und nicht die Füße ins Salzwasser tunken zu können, war für mich fast nicht auszuhalten. Es gab keinen direkten Meeresanschluss im Sumpfland um New Orleans. Und es stellte sich als äußerst schwierig heraus, mit öffentlichen Verkehrsmitteln zum Meer zu kommen. Die Recherche auf der Karte zeigte, dass der nächstgelegene Ort an einem Sandstrand das 200 Meilen entfernte Pensacola in Florida war. Und dahin fuhr kein Bus, wie mir die Schalterfrau im Busterminalhäuschen, wo ich ein Ticket erwerben wollte, offenbarte. Ein junger Afroamerikaner um die zwanzig, der hinter mir in der Schlange stand, bekam meine Konversation mit der netten Dame am Schalter mit und sprach mich an.

„Hey! Ich kann Dich hinfahren!"

Ich zog erst mal scharf die Luft ein und scannte den Burschen von oben bis unten. Er war dünn, trug ausgebeulte Jeans und ein T-Shirt, das aussah, als hätte er es schon zwei Wochen am Leib. Er sah auf den ersten Blick nicht wie ein Gangster aus, aber auch nicht wie ein vertrauenswürdiger Kumpel. In Sekundenschnelle wog ich die zwei Varianten ab: Meer mit Risiko oder kein Meer mit Reue. Mutig sagte ich zu und wir handelten den Deal aus. Nathaniel würde mich am folgenden Tag um acht Uhr im Hotel abholen, zum Strand in Pensacola hin- und abends zurück nach New Orleans fahren. Ich bezahlte ihm am Ende des Tages das Benzin. So weit, so gut.

Spät nachts, ich war gerade am Einschlafen, als es an meiner Zimmertür klopfte. Ich öffnete die Tür, gesichert mit einer Kette, einen Spalt.

„Ich bin's, Nathaniel. Kannst Du mir das Geld jetzt schon geben? Ich habe noch nichts gegessen!"

„Nein, wir haben vereinbart, dass ich vor der Fahrt die Hälfte und nach der Fahrt den Rest bezahle!"

„Okay, sorry für die Störung."

Eine halbe Stunde später, beim Hinübergleiten ins Traumland. Nathaniels Stimme klang durch die Tür:

„It's me again. Ich bin wirklich hungrig!"

„Nein, wir haben einen Deal!"
„Okay, sorry für die Störung."

Wieder später, das Einschlafen war schon etwas weniger entspannt:

„It's me again. Ich kann nicht schlafen, mein Magen knurrt!"

„Ich kann auch nicht schlafen, du weckst mich die ganze Zeit!"

„Okay, sorry für die Störung. Aber, ähm, du könntest mir doch schon was geben!"

„Nein, hau ab!"

Zehn Minuten später, ich schlafe nicht:

„Wenn ich hungrig bin, kann ich nicht schlafen und morgen nicht fahren!"

„Hör mal, das ist mir mittlerweile egal, ich verzichte auf Dein Angebot. Verzieh Dich!"

„Du wolltest doch zum Meer, nicht ich!"

Das Spiel ging noch eine ganze Weile. Er schaffte es, mich weichzuklopfen! Eine Mischung aus Mitleid mit dem Kerl, meinem sturen Kopf, der ans Meer wollte und dem Wunsch, endlich schlafen zu können, bewog mich dazu, ihm einen Zehndollarschein durch den Türspalt zu reichen.

Wenige Sekunden danach, kam mir in den Sinn: *"Was, wenn mich der Kerl übers Ohr hauen will!?"* Ich pfiff Nathaniel zurück, der gerade auf dem Absatz kehrt machte.

Ich: „Gib mir Deinen Ausweis! Ich möchte eine Sicherheit für das Geld!"

Er: „Nein, gebe ich Dir nicht, wie kann ich Dir vertrauen??"

Ich, staunend, in Gedanken: Er MIR vertrauen!???

Er: „Es ist das einzige offizielle Dokument, das ich habe!"

Wir konnten uns darauf einigen, dass ich ein Foto vom Ausweis machen konnte.

Die Nacht wurde zu einer der schlimmsten meines Lebens. Es sprang mich plötzlich aus dem Nichts eine Panikattacke an. Ich bekam nackte Angst und konnte kein Auge zutun. Nathaniel klopfte nicht mehr an. Aber ich malte mir aus, dass er mit seiner Gang kommen, mich überfallen, ausrauben und killen würde. Meine Fantasie kann sich ziemlich was ausdenken. Ich hatte am ganzen Körper einen Film aus kaltem Angstschweiß. Ich tröstete mich und fühlte mich ziemlich schlau damit, dass ich vorgesorgt hatte: Meine Nachwelt würde Name und

Ausweis des Mörders in meiner Kamera finden! Dass die Kamera auch gestohlen werden konnte, kam mir damals nicht in den Sinn.

Jeder mit gesundem Menschenverstand hätte die Geschichte an diesem Punkt abgebrochen und die zehn Dollar ans Bein gestrichen. Nicht ich. Nathaniel stand am nächsten Morgen pünktlich um acht mit neuem Hemd, frisch geduscht und mit einem breiten Lachen vor der Tür.

Es wurde ein prächtiger Tag am Strand von Pensacola! Nathaniel entpuppte sich als smarter Reisebegleiter, von dem ich einiges über den Alltag in New Orleans und die Diskriminierung der Schwarzen erfuhr. Das Meer schenkte mir, womit es mich immer wieder lockt, ein Gefühl von Freiheit und unbändiger Lebenslust.

9 / 2016

Der Versuch zu verstehen, warum ich mich in dieser Inkarnation mit dieser Spezies ständig reiben muss:

Männer eins

Seit meine Tochter ausgezogen ist, bin ich nur noch von Männern umgeben. Ich werde von Fußball, Wrestling, zu erreichenden Umsatzzahlen und Wirtschaftswachstum, herben Duftnoten, Leistung und Kampf platt gewalzt. Doch, doch – es gibt wunderschöne Familienmomente mit Mann und Söhnen. Aber es gibt Tage, da platzt mir der Kragen bei all der Reiberei und Besserwisserei. Ich fühle mich fremd in meinen vier Wänden und dominiert von Männerthemen. Seit der Ältere volle Kanne in der Pubertät steckt, mit dem Vater verbale Gefechte austrägt und es beim Jüngsten eine Frage der Zeit ist, bis er mitzieht, möchte ich manchmal nur noch flüchten.

Ich wurde kürzlich gefragt, was mein roter Faden im Leben sei. Wie aus der Pistole geschossen kommt es: das Schreiben, die Musik und die Männerdominanz. Als Kind haben mich zwei streitlustige und laute Brüder klein gehalten. Ein übermächtiger Großvater gab den Ton an im Mehrgenerationenhaus. Die wesentlich älteren

Schwestern, die mir Schützenhilfe hätten geben können, waren früh ausgezogen. In meinem Erstberuf schlug ich mich mit sturen Vorgesetzten herum. Und seit ich Bandmusik mache, wer sind wohl die Mitmusiker? Zu 99 Prozent Männer! Mit ihren Befindlichkeiten, herben Sprüchen, unterdrückten Aggressionen, Saufgelagen, bis zum Anschlag aufgedrehten Verstärkern und Gockelgehabe. Es hat Jahrzehnte gedauert, bis ich bei dem verstärkten Lärm zu meiner wahren Stimme und Musik gefunden habe.

Meinen Exkurs in die Politik habe ich ganz schnell aufgeben. Bevor ich überhaupt meine Herzensanliegen vorbringen konnte, musste ich mich immer erst durch einen Männerwall durcharbeiten und Frauensolidarität ... seufz – ach Schwamm drüber! So wie ich die Welt verstehe, wie ich mich ihr verbunden und verpflichtet fühle, dafür fehlen mir heute noch nüchterne Fakten und die nötige Schlagfertigkeit, um mich mit einem rationellen Geist zu duellieren.

Seit ein paar Monaten schreibe ich einen Tag außer Haus in einer Bürogemeinschaft an meinen Buchprojekten. Meine Bürokollegen? Männer! Mit der Haussanierung gesellten sich zu den Familienmännern, den Bandmusikern und den

Bürokollegen über zehn Handwerker, die bis in den Herbst täglich bei uns ein- und ausgehen werden und meinen Alltag takten. Es sind alles feine Menschen. Keine Frage! Aber diese Männer-Overdose muss ausgeglichen sein, sonst kommt meine feinsinnige und komplexe Frauenseele völlig unter die Räder.

Ich begann, ausgiebig mit Freundinnen abzuhängen und mit der Tochter zu verreisen. Zum Glück kann ich mich auch in einem *Chörli* entspannen. Die Chorleiterin runzelt zuweilen zwar die Stirn und die wenigen Männer hüsteln nervös, wenn wir im Alt herumalbern. Aber wenn die wüssten, wie heilsam für mich dieses fröhliche Frauengeschnatter ist diese Tage! Mir ist jetzt auch sonnenklar, warum ich eine Frauensaga schreibe. Im lauten Männergedöns ist es schlicht DAS Medium, der Frauenseele auf die Spur zu kommen.

Apropos Schreiben: Ich habe mich außer Haus nach einem Arbeitsplatz in einem Frauenbüro umgeschaut und bin tatsächlich fündig geworden. Das Schnuppergespräch mit der Hauptmieterin lief verheißungsvoll an. Es würde in der Frauenagentur auf Oktober ein Platz frei werden. Design, Kommunikation, Kultur, die lichtdurchfluteten, großen Räume, das empathische Gespräch, mein Herz machte Vorfreudesprünge. Das würde meinen Geist beflügeln, ich würde mich entspannen können.

Bei der Besichtigung des Schreibtisches platzte die Illusion: Die Person, die mir direkt gegenübersitzen würde, sei ein Mann, der einzige. Das vergaß sie eingangs zu erwähnen. Karl hatte sein Territorium klar markiert. Sein Schreibtisch war ein Parkplatz für Modellautos. Wuchtige Möbel und überdimensionale Lettern einer Automarke deklarierten klar, wofür sein Herz schlägt. Über allem prangte ein gigantisches, sexistisches Plakat einer prominenten Schauspielerin an der Wand. Mein Blick beim Schreiben würde also über Männerkram und die Traumfrau des Kollegen schweifen und die Pausengespräche würden sich um Motoren, Leistung und Protz drehen. Mir fiel die Kinnlade herunter. GENAU DAS brauchte ich NICHT!

9 / 2017

Männer zwei

In meinem Männerüberdruss begab ich mich auf die Suche nach einer männerfreien Arbeitszone. In einem Frauenbüro wurde mir ausgerechnet der Platz vis-à-vis einem Kerl zugewiesen (siehe Geschichte Männer eins). *Geht gar nicht,* dachte ich mir, radelte konsterniert nach Hause und stellte mir die Fragen:

Warum sollte ausgerechnet ICH diesem Kerl Karl gegenüber zu sitzen kommen? Und was hat die Männer-Overdose in meinem Leben mit mir zu tun? Es muss mit mir zu tun haben!

Da ich an das Gesetz der Resonanz glaube, das besagt, dass alles, was im Außen auf mich zukommt, immer mit mir und meinem inneren Drama zu tun hat, nahm ich mir vor, Karl als Symbol zu nehmen, wofür Männer und das männliche Prinzip in meinem Leben stehen und darüber als Hausaufgabe gründlich nachzudenken. Nicht zuletzt auch, weil mein Liebster bemerkte:

„So, jetzt ist aber mal gut mit dem Gestöhne über uns Männer!"

Ich begann, meine Gefühle, Gedanken und Äußerungen scharf zu beobachten und zu reflektieren und bin zu folgenden Einsichten gekommen: Das System meinte es in den letzten Jahrhunderten nicht gut mit den Frauen. Alle Macht gehörte dem Patriarchat. Folglich fühlte ich mich als Frau als Verliererin der Gesellschaft.

Ich kam mir auch auf die Schliche, dass ich ein ziemlich einseitiges Männerbild hatte: Männer wollen immer recht haben, sie hören nicht zu, behaupten etwas, ohne genau zu wissen, was Sache ist, haben ein übersteigertes Selbstwertgefühl, sie konkurrieren, streiten und lieben es, sich zu messen. Männer sind nicht in der Lage, sich in eine andere Person einzufühlen. Intuition ist ihnen ein

Fremdwort. Und Männer müssen immer siegen. Um gehört und wahrgenommen zu werden, muss man mit oder gegen Männer kämpfen.

Kein Wunder, konnte ich mich mit diesem Männerbild in meinem Haus nicht entspannen! Ich war immer in Kampf- und Abwehrstellung, um mein Territorium und meine Anliegen zu verteidigen. Als mir das bewusst wurde, bin ich übel erschrocken.

Diese Tage hatten sich Vater und Sohn wieder einmal heftig *die Kutteln gewaschen*, wie wir in der Schweiz zu sagen pflegen. Sie brüllten sich wegen des Konfliktes *Number One*, dem Medienkonsum, an und steigerten sich in einen verbalen Schlagabtausch. Jeder beharrte auf sein Recht, wollte den verbalen Fight gewinnen. Kurz bevor es handgreiflich wurde, machte der Sohn auf dem Absatz kehrt, schlug die Tür hinter sich zu und ließ den verdatterten Vater zurück. Er tat mir richtig leid und ich sagte aus einem Impuls heraus:

„Ich finde es bedauerlich, dass es um Macht und Gewinnen und nicht um die Beziehung zwischen Euch geht. Ich wünschte, Du hättest eine weichere Haltung für die Bedürfnisse deines Sohnes und ihr würdet es hinkriegen, Eure Standpunkte zu formulieren, ohne Euch an die Gurgel zu springen."

In dem Moment, als die Worte über meine Lippen kamen, wurde mir bewusst, dass **auch ich** einen weicheren Blick auf meine Männer bekommen sollte. Dass hinter dem Machtkampf ein normaler

Ablösungsprozess des Sohnes und ein übernommenes, altes Rollenmuster des Vaters steckten, aber bestimmt nicht mangelnde Liebe und Wertschätzung.

Mein Männerbild entsprang einer längst überholten Denke, ich war bis vor kurzem gefangen in einer einfachen, polarisierenden Frauen-sind-so-und-Männer-sind-so-Sicht. Wenn ich jetzt meinen Tunnelblick weite – schau an: Ich sehe Väter, die ihren Babys den Hintern sauber machen, die Teilzeit arbeiten und Hausarbeit übernehmen, sich sozial und ehrenamtlich engagieren und im Kino weinen. Diese Tage hat mich ein Mann in einer höheren, öffentlichen Position sehr überrascht. Er stellte sich die Frage, ob er an der richtigen Stelle wäre und schrieb mir in einer Mail:

„Ich möchte achtsam auf meine Intuition hören, dann wird es sich zeigen!" Wow!

Auch sollte ich meinen Einfluss auf meine männliche Gesellschaft nicht unterschätzen. Neulich haben wir an einem Sonntagabend alte Videos von unseren ersten Familienjahren angeschaut. Wie zärtlich und liebevoll ich den Söhnen zugewandt war! Natürlich auch dem Mädchen. Mir wurde die Macht bewusst, welchen Einfluss wir Mütter auf unsere Söhne haben. Wir Frauen können neue Werte des Menschseins und Miteinanders mit auf den Weg geben. Mein Mann schätzt es, wenn ich aus meiner eher empathischen, weiblichen Perspektive Konflikte betrachte und ihn unterstütze, weichere

Lösungen zu finden. Ich höre Männer, die sich mehr Zeit für sich selber und ihr soziales Umfeld wünschen. Sie möchten ihr Leben nicht mehr nur der Karriere und der Knechtschaft einer Firma opfern wie einst ihre Väter.

Fußball, der seit nunmehr sieben Jahren unseren Familien-Wochenplan taktet, verändert auch wie ein steter Tropfen meinen sturen Stein. Es hat mich neuerdings eine Faszination gepackt, jedes Spiel aus einer „energetischen" Sicht zu betrachten. Die Spieler verschmelzen zu einer Einheit und funktionieren als Schwarm. Ich bin sogar mittlerweile hingerissen, mit all meinen Sinnen zu beobachten, wie jedes Match eine eigene Intelligenz, Logik und „Schwingung" hat, die nichts mehr mit männlich-herb und Testosteron zu tun hat, sondern mit Feinsinn und großer Ästhetik. Ich lerne dazu!

Frauen haben heute mehr Chancen, sie sollten sie selbstbewusst ergreifen. Ich habe von meinem Männer-Umfeld gelernt, mehr Ehrgeiz für meine Ziele zu entwickeln, fokussiert darauf hinzuarbeiten und weniger Zeit damit zu verschwenden, mich auf dem Weg mit Baustellen oder Sorgen anderer Menschen aufzuhalten. Solidarität ist ein edler Zug. Maßvoll ist sie gesund. Bisher war mir das ewige Reiben und Messen mit anderen unerträglich. Doch neuerdings betrachte ich es wie ein Schleifen eines Rohdiamanten. Erst durch Bearbeitung kommt er zur Brillanz. Diesem Bild kann ich sehr viel abgewinnen. Und schließlich fällt einem Erfolg nicht einfach in den Schoß. Frau muss schon etwas dafür tun.

Wir leben in einer neuen Zeit und sind frei, die alten Rollenzöpfe abzuschneiden. Meine Erfahrung ist: Sobald ich eine einseitige, sture, beschränkte Sicht weite oder verschiebe, verändert sich auch etwas im Außen. Ist es nicht ein bemerkenswerter Zufall, dass zum Schluss eine Maler-Frau auf unserer Haus-Baustelle erschien und plötzlich, wie aus dem Nichts, Frauen zur Bürogemeinschaft gestoßen sind? Und dass jetzt mein Zug des beruflichen Erfolges Fahrt aufnimmt, jetzt, wo ich mich nicht mehr als Opfer der Männer betrachte?

9 / 2017

Womens March

Ich habe lange überlegen müssen, wann ich zuletzt an einer Demo teilgenommen hatte. Es muss nach dem Reaktorunfall in Tschernobyl gewesen sein. Danach bereiste ich die Welt und später kamen die Kinder.

Mein Mann und ich konnten unser Ideal, Einkommen und Erziehung zu teilen, nie realisieren. Ich mochte aus Erschöpfung und Überforderung mit den Kids lange nicht mehr im Außen arbeiten. Mein Mann rang stets mit den Arbeitgebern, um sein Pensum zugunsten der Familie zu reduzieren.

Zwanzig Jahre Mutterschaft sind ehrbar und ich bin stolz auf meine "Brut". Seit fünf Jahren versuche ich wieder ins Berufsleben einzusteigen und scheitere daran, dass ich keinen geraden Lebenslauf vorweisen kann und mehrheitlich halt nur Mutter und Hausfrau war. Nun – ich bin heute nicht verbittert über mein Leben, aber ich finde, es ist immer noch „a mens world". Es ist einfach, Sexismus zu ignorieren, wenn man davon profitiert. Als ich vom "Womens March" in Zürich hörte, bekam ich Lust auf ein Bad in der Frauensolidarität, wollte den Politikern, Arbeitgebern, Religionsoberhäuptern und Frauen in patriarchalen Ländern mit meiner solidarischen Präsenz ein Zeichen setzen. Und die Aussicht, mit meiner erwachsenen Tochter einen schönen Mutter-Tochter-Tag zu verbringen, war auch verlockend.

Ich war überwältigt. Von der Kraft des Feldes. 15.000 Menschen zogen durch Zürich. Meine Vision von einer friedlichen, solidarischen Welt, in der alle dieselben Chancen haben und zugehörig sind, hat Nahrung bekommen. Wellen von Gänsehaut hatte ich fort und fort. Diese Bilder bleiben unvergessen: Das Kleinkind mit dem pinken Nuggi, das bei seinem Papi auf den Schultern saß und mich mit leuchtenden Augen anlachte. Die ergrauten Feministinnen der ersten Stunde, die kichernd von alten Zeiten berichteten. Das große Staunen auf der Rathausbrücke, als der pink-bunte Menschenzug beim Zurückschauen zu der Rudolf-Brun-Brücke kein Ende nehmen wollte. Ein Rotbart proklamierte auf einer Kirchentreppe lauthals, die Verfehlten müssten Buße tun. Dieser dogmatische Prediger und ein anderer Passant, die mir und meiner Tochter nachriefen, wir gehörten einer Randgruppe an, sind mir Motivation und Beweis, dass es immer noch notwendig ist, sich zu formieren und die alten (Glaubens-)Zöpfe abzuschneiden.

Der neue Feminismus ist für mich eine Bewegung, eine Kultur der Gleichwertigkeits- und Chancengleichheit. Ich teile die Ansicht mancher Frauen nicht, dass Feminismus nur den Frauen "gehört". Männer gehören unbedingt mit in den Diskurs. Ich wünsche mir und begrüße es, dass sie mitfühlen und mitdenken, wie wir alle unsere gesellschaftliche Zukunft gestalten.

We can't keep quiet! Bis es sich stimmig anfühlt.

Die Macht der Frühstücksflocken

Uns ist der Honig ausgegangen und ich finde ihn im Supermarkt neben den Frühstücksflocken. Ich mag diesen Schweizer Großverteiler, weil er neben Markenprodukten ein eigenes Bio-Label führt und auf Nachhaltigkeit achtet. Dafür ist er auch schon ausgezeichnet worden.

Mich überfordert die Nahrungsmittelbeschaffung für eine Familie in unserer globalisierten und medienüberfluteten Gesellschaft streckenweise, und ich weiß genauso, dass ich damit ein Luxusproblem habe. Wir versorgen uns mit Lebensmitteln aus dem Dorfladen, den zwei Großverteilern mit orangen Buchstaben und von zwei Lokalbauern. Als kritische Konsumentin, Vegetarierin und Mutter von fleischessenden „normalen" Kindern im Wachstum mache ich oft einen Spagat.

Wir halten es so: Es soll uns nähren und so wenig wie möglich mit Pestiziden verseucht, ressourcenschonend und fair produziert sein. Am Familientisch darf diskutiert, aber nicht mit der Moralkeule allen der Appetit verdorben werden. Und es muss den Kindern schmecken! Denn wenn nicht, streiken die Kinder und besorgen sich hintenrum mit dem Taschengeld Chips und Schleckzeug im Dorfladen. Oder sie essen den Schulkameraden die „coolen", in Plastik verpackten Znünis weg (was mir schlicht peinlich ist), denn „hip und easy" muss das Pausenbrot der heutigen Jugend auch noch sein. Die Werbung gibt es vor.

Bei uns soll es Bio-Honig sein und ich wäge im Kaufhaus gerade zwischen einem Flüssighonig (eher nein, weil im Plastikdispenser) und einem Streichhonig im Glas (mögen die Kids weniger) ab, als ich Zeugin einer Diskussion zwischen einer Mutter und ihrem zehnjährigen Sohn werde.

Mutter: *„Schau, Timo, da sind die Cornflakes! Du darfst Dir etwas aussuchen!"*

Der Junge steuert auf die bunten Kelloggs-Kartons zu und greift sich den mit dem Tiger.

Mutter, seufzend: *„Nein, diese nicht, nimm lieber eine Sorte von Naturaplan, da kannst Du wählen, was Du willst!"*

Sohn: *„Was hast Du eigentlich immer gegen Kelloggs? Die schmecken doch am besten!"*

Mutter: *„Da hat es „Tonnen" von Zucker drin und das ist ein böser Konzern*, so wie Nestlé. Diese riesige Firma kauft überall auf der ganzen Welt Wasserquellen. Das Wasser verkaufen sie dann schweineteuer an die Bevölkerung, die keinen Zugang mehr haben zu ihrem eigenen Wasser. Die machen die Menschen abhängig. Das will ich nicht unterstützen!"*

Sohn: *„Das ist nicht richtig! Und Kelloggs macht das auch?"*

Mutter: *„Nicht mit dem Wasser, aber andere Sachen, die ich nicht gut finde. Ich unterstütze lieber lokale oder faire Produkte."*

Der Sohn greift zu Schokoflakes aus dem Bio-Sortiment und die zwei gehen weiter.

Ich bereue im Nachhinein, dass ich der Mutter nicht ein anerkennendes Wort gesagt habe. Solche Situationen habe ich unendliche Male selber erlebt. Es ist alles andere als einfach, sich gegen die Zuckerlawine und die Hinterlist der Konzerne zu behaupten und die eigene Haltung für die Kinder interessanter als die Werbung zu gestalten. Hat sie gut gemacht, die Mama! Und mich ermutigt sie, dranzubleiben.

*147 Konzerne beherrschen den Weltmarkt und haben mehr Macht als Staaten!

(http://www.tagesanzeiger.ch/wirtschaft/unterne hmen-und-konjunktur/Wenn-147-Konzerne-die-ganze-Wirtschaft--kontrollieren-/story/24530287)

10 / 2016

Mit George W. Bush
und Tony Blair auf dem Jägersitz

Seit jeher träume ich des Nachts skurrile Sachen, die zur Unterhaltung meiner Familie am Frühstückstisch beitragen. Unvergesslich ist der Traum, den ich im Frühjahr 2003 hatte. Ich habe die Einmischungspolitik der USA nie gutgeheißen und deswegen verfolgte mich die damals bevorstehende Invasion in den Irak bis in die Nachtruhe.

Im Traum ging ich auf einer idyllischen Waldlichtung spazieren, als ich Getuschel auf dem nahen Hochsitz vernahm. Im ersten Augenblick vermutete ich ein Liebespaar beim Fummeln, doch wie ich nähertrat, traute ich meinen Augen nicht: Da saßen doch tatsächlich der damals amtierende amerikanische Präsident George W. Bush und der britische Außenminister Tony Blair auf dem Ausguck. Sie wähnten sich unbeobachtet. Denn sie berieten sich über den Irak und eine Kriegsstrategie, wie Saddam zu stürzen und an die Ölschätze im Land zu kommen sei.

Ich belauschte die zwei eine ganze Weile und war empört über die Pläne der beiden Herren. Zeugin von hochbrisanten Insidergesprächen zu sein, brachte mich in einen inneren Konflikt: Wenn ich ihnen meinen Unmut in Anbetracht der unschuldigen zivilen Opfer mitteilen würde, könnte ich ja heimlich von der CIA gemeuchelt werden. Sagte ich nichts, würde ich mir ein Leben lang meine

Feigheit vorwerfen, es nicht versucht zu haben, einen weiteren verheerenden Krieg zu verhindern.

Das letztere überwog und ich erklomm todesmutig die harzigen Stufen des Jägersitzes. Die beiden Herren schauten mich verblüfft an, hießen mich jedoch willkommen und boten mir Platz zwischen ihnen an. Mister Blair goss mir ganz nach britischer Manier aus der Thermoskanne Tee in einen Becher. Wir saßen eine Weile einvernehmlich beieinander, machten Small Talk über Wetter und Wild, bis ich die Katze aus dem Sack ließ und gestand, dass ich gelauscht hatte.

Die beiden Staatsherren hörten mir höflich zu und wie ich mit *„Whatever you do, but don't do the first strike"* schloss, nickten sie, als würden sie meine Besorgnis anerkennen. Erleichtert stieg ich die Sprossen hinunter und setzte meinen Spaziergang zufrieden mit mir fort. In der Realität haben sie ja dann nicht auf mich gehört.

Dreizehn Jahre später denke ich kühn: Was, wenn die beiden meine Bedenken ernst genommen hätten? Vielleicht hätte es keine 150.000 Opfer, keine Folgekriege in den Golfstaaten und keinen Nährboden für den IS gegeben! Und wir könnten heute immer noch fröhlich durch Nordafrika, den Orient und Europa reisen und uns an den verschiedenen Kulturen erfreuen. Seufz! Wie schön wäre die Welt, könnten einfache Menschen von der Straße auf einem Jägerhochsitz bei einer netten Tasse Tee Einfluss auf die Politik nehmen!   9 / 2016

Verletzlichkeit, Liminalität und Neophyten

Vor ein paar Minuten habe ich mich am Bahnhof von meinem Liebsten verabschiedet. Er fährt geschäftlich Richtung Italien, ich nach Zürich. Wir sind für unsere Tageszwecke adrett gekleidet und haben uns vor der Abfahrt auf einem Betonelement am Bahnsteig Croissants und Kaffee gegönnt. Solche Momente waren in der Kleinkinderphase an der Hand abzuzählen. Doch jetzt kommt es immer mal wieder vor. Zeit zu zweit mitten in unseren Alltagsbetriebsamkeiten. Die Kinder lassen uns mehr Raum, eine neue Ära scheint anzubrechen, sinniere ich. Passend dazu der Bahnhof: Bahnhöfe und Züge waren für mich immer schon Symbole für Aufbruch.

Am Vortag haben wir der Tochter eine erste Fuhre Umzugskartons in die erste eigene WG-Wohnung gebracht. Sie ist jetzt erwachsen und auf dem Sprung. Ich schämte mich nicht für meine Tränen an ihrer Berufsmatura-Feier. Der Festredner betonte die Wichtigkeit der Elternrolle, lobte ein wohlwollendes, begleitendes Zuhause und drückte damit alle meine Knöpfe. Wir haben unsere Tochter zwanzig Jahre lang durch Höllenritte und Wolkenspaziergänge begleitet. Jetzt ist der richtige Zeitpunkt, loszulassen. Da dürfen Herz und Augen überfließen. Auch im Bewusstsein, dass einfach nichts selbstverständlich ist. Dass wir Menschen unendlich verletzlich sind. Heftig hat mich die Nachricht vom Tod des 17-Jährigen aus dem

Bekanntenkreis getroffen. Aus dem Nichts, unerwartet, ist er einfach gestorben. Ich kann den Schmerz und die Fragen der Eltern und Freunde nur erahnen.

Verletzlich ist man als Reisender zwischen den Welten. *"Weak targets"* sind Passagiere auf den Bahnsteigen, die zwischen den anrollenden, auf Schweizer Pünktlichkeit disziplinierten Stahlmassen auf ihren Anschluss warten. Auch im Übergang ist man verletzlich. Liminalität heißt dieser Schwellenzustand im Fachjargon: nicht mehr da und noch nicht dort.

Mutig und vertrauensvoll brechen wir auf, wenn das Alte nicht mehr stimmig ist. Übergänge können sanft und selbstverständlich fließen. Übergänge können von uns große Mutproben (vor allem über den inneren Schweinehund) und Prüfungen abverlangen. Wer immer sein Heimatland verlässt, um andernorts hoffnungsvoll neu anzufangen, geht ein enormes Wagnis mit unbekanntem Ausgang ein. Die Überfahrt über das Mittelmeer müsste an sich ja schon als große Mutprobe gelten. Aber nein, die Menschen, die Hab und Gut und Heimat hinter sich lassen, müssen sich auch noch gegen Anfeindungen im neuen Land schützen.

Im Schwellenzustand sind wir verletzlich und wir werden angreifbarer, weil die alten Strategien versagen, weil die Wachsamkeit auf das Ziel gerichtet ist.

Unsere Jungs sind in letzter Zeit auffällig anfällig für Insektenstiche, Sportverletzungen und wurden gar von giftigen Neophyten attackiert. Der Riesen-Bärenklau aus dem Kaukasus, der hier Wurzeln schlug, hat unseren mittleren Jungen ziemlich entstellt. Neophyten sind aggressive *fremde Fötzel* (fremdes Pack), die einheimische Pflanzen verdrängen.

Heute fahre ich beruflich zu einer Tagung über dschihadistische Radikalisierung und plötzlich liegt mir der Vergleich mit Neophyten nahe. Der IS, die Dschihad-Krieger und das Potenzial von Anschlägen in Europa machen verständlicherweise Angst. Ausrotten ist die naheliegende Strategie, und danach rufen Herr und Frau Schweizer. Mit den Muslimen tun sich die Eidgenossen überhaupt recht schwer. Am liebsten und einfachsten sollten wir sie alle wieder dorthin zurückschicken, wo der Pfeffer wächst. Die Angst vor dem Islam zeigt sich in der Kopftuchdebatte und den Versuchen des Schweizer Pegida-Ablegers, im Land einen Austragungsort für ihre Demos zu finden.

Ich verstehe die Ängste. Gerade weil wir als Gesellschaft und Individuen verletzlich sind. Doch ich möchte nicht in der Angst steckenbleiben. Es ist mir wichtig, zu verstehen und zu unterscheiden. Ich habe an der Bundesstudie über dschihadistische Radikalisierung mitgewirkt und Interviews mit muslimischen Organisationen geführt. Ich nehme heute an der Tagung teil und bin gespannt, welche

Erkenntnisse zur Prävention vor dschihadistischem Terrorismus in Europa internationale Fachleute zusammentragen.

Niemand würde ernsthaft Neophyten flächendeckend mit Pestizid bekämpfen und dabei Kollateral- oder Totalschäden in Kauf nehmen. Denn dabei würden gleichzeitig einheimische Blüemli und geliebte ausländische Pflanzen (z. B. Tulpen, Palmen und Orchideen) eingehen. Neophyten muss man gezielt und mit Fachwissen bei den Wurzeln packen.

Ich empfinde die Stigmatisierung der Muslime als einen rassistischen Rundumschlag. Und im Grunde schaden wir uns damit selber. Das Gift, das wir pauschal versprühen, vergiftet auch unsere Lebensfreude, unser Mitgefühl und unsere Unterscheidungsfähigkeit. Keiner würde einen Großangriff auf Neophyten wagen, die Stigmatisierung ist so ein Großangriff und wir sollten uns, wie bei den Pflanzen, auf gezielte Maßnahmen konzentrieren, die nicht alle treffen.

Auch die Schweiz befindet sich in einem Übergang. Nicht mehr da im Eidgenossenbündnis, noch nicht dort in der gelebten Vielfalt. Die globalisierte Schweiz ist verletzlich. Und nichts ist selbstverständlich. Auch die Sicherheit der Banken nicht. Ich denke, die Abschottungs-Schweizer sollten mal so richtig herzhaft weinen, innig trauern und die Rütli-Nostalgie loslassen. Nüchtern betrachtet, entbehrt es jeder Logik, den Schweizer Wohlstand mit Waffenlieferung ins Ausland und einem entsprechenden Rohstoffhandel zu etablieren, und dabei die Augen vor den Konsequenzen zu verschließen, anstatt die Entscheidungen verantwortungsvoll mitzutragen. Und unanständig ist es auch.

Es ist gesund, Abschiedstränen zu vergießen. Es hilft beim Griff lockern und dann beim endgültigen Loslassen, was längst überfällig und stimmig ist. Es braucht schließlich freie Hände für die Mutproben zwischen da und dort. Und angekommen, lässt es sich besser die Ärmel hochkrempeln, das Neue unbeschwert, lustvoll und frei beim Schopf packen und gestalten.

6 / 2015

Weihnachten mit Moslems

Seit ein paar Monaten unterrichte ich an zwei Vormittagen im Gemeindehaus Deutsch für Asylsuchende, die dem Dorf zugeteilt sind. Heute an Heiligabend wollte ich den zwei Männern aus Eritrea und Syrien die letzte Lektion des Jahres passend zum Tag weihnächtlich gestalten. Ich habe den Gemeinschaftstisch mit Kerzen, Tannenreisig, Schöggeli und Guetzli geschmückt. Zu Hause hatte ich die Weihnachtsgeschichte zum Vorlesen vorbereitet. Weil wir Imperfekt und Perfekt noch nicht durchgenommen hatten, musste ich die Geschichte im Präsens erzählen. Eine Kinderbibel untermalte meine Worte. In Minimaldeutsch kling dies etwa so:

„Josef und Maria sind ein Paar. Maria hat ein Baby im Bauch (ich deute mit einer Handbewegung den schwangeren Bauch an). Sie müssen zum Zählen der Menschen (Fingerbewegung 1-2-3 ...) nach Bethlehem. Im Hotel hat es keinen Platz. Das Kind kommt bei Tieren (das Wort Stall haben sie nicht verstanden) auf die Welt. Ein großer Stern ist am Himmel. Männer (das Wort Hirte ist schwierig) sind mit Schafen auf der Wiese. Sie sehen den Stern und haben Angst. Ein Engel kommt und sagt: "Keine Angst! Ein großer Mann ist geboren. Geht dorthin." Die Männer gehen mit den Schafen zum Kind. Könige von weit weg sehen den Stern und gehen zum Kind. Sie bringen dem Kind Geschenke. Darum gibt es an Weihnachten Geschenke. Aus dem Kind ist nachher ein großer Mann geworden (Handbewegung von unten nach oben). Er heißt Jesus

und ist der Prophet der Christen. So wie Mohammed der Prophet der Moslems ist. Gott und Allah sind wie Väter. Jesus und Mohammed sind wie Söhne. Jesus war ein guter Mann."

Darauf der Schüler aus Syrien:

"Ja. Jesus guter Mann, Mohammed guter Mann. Religion egal. Juden, Christen, Moslem, egal. Alle Mensch."

Der andere nickt zustimmend:

"Ja, Name Gott egal, Mensch muss gut."

Wir feiern heute Jesus' Geburt. Ich glaube, er war ein guter Mann. Aber auch Josef war ein guter Mann, weil er seine Liebste, die auf mysteriöse Weise schwanger wurde, nicht von der Bettkante gestoßen, sondern mit ihr den Schlamassel ausgestanden hat. Und Maria erst! Ich als Frau würde total ausflippen, wenn ich von einem heiligen Geist geschwängert werden würde!

Maria und Josef sind auch Weihnachtshelden.

Jesus würde da bestimmt zustimmen. Seine Eltern haben gelebt, wovon er gepredigt hat: Nächstenliebe und Hingabe an das Schicksal trotz schwierigen – in Neudeutsch beschissenen – und unklaren Verhältnissen.

Ich kann, je älter ich werde, der

Weihnachtsgeschichte und Jesus immer mehr abgewinnen. Es ist eine schöne Geschichte. Sie erzählt von Jesus' Geburt, der im Mannesalter ein bärtiger, herumzigeunernder Freak und Menschenmöger wurde, und seinen Eltern, die einen ziemlich verkorksten Start bei der Familiengründung hatten. Dafür habe ich viel Empathie.

Und ich freue mich so sehr über diese jungen, religiös unverkrampften Asylsuchenden. Hardcore-Religion ist denen, sobald sie fundamental missioniert wird, ebenso suspekt wie mir. Ist doch egal, woran jeder glaubt. Hauptsache, wir sind freundlich zueinander. Und da haben wir schon was Schönes gemeinsam.

12 / 2015

Wo kämen wir denn hin, wenn wir uns nicht mehr kümmern würden?

Neulich in unserer Gasse – ich war gerade im Begriff ins Auto zu steigen und mit meinem Kollegen loszufahren – erinnerte mich eine Alltagsbegebenheit daran, was für mich von großem Wert ist. Wir waren ein wenig in Verzug zu unserem monatlichen Treffen und es mahnte zur Eile. Plötzlich schoss Nachbars Dackel wie ein geölter Blitz um die Ecke. Er fiepte und winselte, während er für seine kurzen Beinchen ein erstaunliches Tempo hinlegte, das seine Ohren zum Flattern brachte.

Der Hund gehört unserem Nachbarn Fritz, einem smarten Rentner in den fortgeschrittenen Achtzigern. Sein Alter ist schwer zu schätzen. Bestimmt hat er es mir einmal verraten. Aber ich habe es vergessen. Wenn ich ihn jeweils auf seinen Runden mit seinem geliebten Vierbeiner antreffe, kommt er immer wie aus dem Ei gepellt daher. Seine Frau ist verstorben und er sich hat trotz großem Heimweh nach seiner Liebsten nie gehen lassen. Ich kenne keinen Witwer, der so gepflegt ist und so auf sich achtet wie Fritz.

Nun – der aufgebrachte Dackel hatte mich alarmiert. Es könnte mit Fritz ja etwas passiert sein. In Anbetracht dessen, dass auf meinen Kollegen und mich zwei Personen warteten, hastete ich noch einmal zurück ins Haus und bat meinen Mann Matthias, der an diesem Tag Homeoffice machte, (was für ein Segen für uns als Familie und für eine

Notsituation wie diese – danke, Chef!!) nach Fritz zu schauen. Dies war keine Frage für ihn, und er machte sich gleich auf den Weg.

In der Zwischenzeit wendete ich den Wagen und konnte es nicht sein lassen, doch noch schnell an dem Haus des Nachbarn vorbeizufahren, um mich zu vergewissern, ob meine Hilfe nicht doch gebraucht würde. Ich sah Matthias von weitem mit Fritz schwatzen. Daraus schloss ich, dass nichts Dramatisches los war. Ich konnte loslassen und zu unserem Meeting fahren.

Ich suche schon eine Weile eine Teilzeitanstellung, weil ich nach zwei Dekaden Mutterschaft wieder berufstätig sein und zum Einkommen beisteuern möchte. Mein unkonventioneller Lebenslauf, die abgelegene Wohnsituation und mein Alter gestalten die Jobsuche nicht so einfach. Im letzten Seminar habe ich drei wunderbare Buddys kennengelernt. Wir treffen uns nun monatlich, um uns mit dem Know-how aus der Fortbildung gegenseitig in unserer beruflichen Entwicklung zu coachen. Das ist eine super Sache! So bleibe ich am Ball und wir decken gegenseitig unsere blinden Flecken auf.

Im Austausch sagte einer der Buddys zu mir, der meine Sorge um den Nachbarn mitbekommen hatte:

„Ich finde, du kümmerst Dich viel zu sehr um andere, statt um Deine Belange. Darum kommst Du nicht vom Fleck. Du hättest den Hund und den

Nachbarn heute Morgen einfach ignorieren können, so, wie es viele andere auch tun. Dann hättest Du viel mehr Energie für Deine Ziele."

Am Abend wollte ich natürlich umgehend wissen, wie es um Fritz stand. Mein Mann grinste mich breit an und schilderte, welche Situation er angetroffen hatte. Fritz stand, wie immer durchgestylt in Shorts, Poloshirt und edlen italienischen Schuhen, auf einer Bockleiter und hat in einer Seelenruhe die hintere Fassade seines Häuschens gestrichen. So wie Matthias das Bild beschrieb, ging es akrobatisch und alles andere als SUVA(TÜV)-konform zu und her. Doch Fritz wirkte vital und mit sich und der Welt zufrieden. Der Witwer hatte sich über den Kurzbesuch meines Gatten gefreut und beschwichtigte ihn, dass der Dackel nur eine Katze gejagt hatte. Alles in Ordnung. Die zwei Männer hielten ein nettes Schwätzchen über dies und das und unterbrachen so für ein paar kostbare Momente ihr Tagwerk. Unbezahlbar!

Lange, lange gärte die Aussage meines geschätzten Kollegen, der die Gabe besitzt, etwas scharf zu analysieren und zu einer Essenz zusammenzufassen, in mir. Ich muss ihm widersprechen. Wo kämen wir denn hin, wenn wir uns nicht mehr kümmern würden um die Menschen und kleinen Dinge des Alltags. Einfach so, erwartungslos, ohne Pauken und Trompeten, unentgeltlich.   8 / 2016

Das Schreikind

Anja und Martin wohnen in einer urbanen Wohnsiedlung im Vorort einer Schweizer Stadt. Beide sind Mitte Zwanzig, berufstätig, sportlich und sehr aktiv. Auf den ersten Blick entsprechen sie dem „Easy-Going-Outdoor-Typus". Geocaching ist ihre Passion, sie klappern jedes Open Air ab und touren gerne mit einem Hippiebus durch Europa. Was mir Anja neulich erzählte, rüttelte an meinen Schubladen, in die ich leider immer noch zu vorschnell Menschen ablege. Anja überraschte mich damit, dass sich moderne, junge Menschen in die Not einer frischgebackenen Kleinfamilie einfühlen können.

In die Nachbarwohnung waren ein Schweizer mit seiner chinesischen Frau und einem Neugeborenen eingezogen. Die Chinesin sprach kein Wort Deutsch und war erst kürzlich mit der Geburt des Kindes in die Schweiz gekommen. Der Vater musste tagsüber zur Arbeit, während die Mutter die Tage mit dem Säugling alleine in der Wohnung verbrachte. Ihre Freunde und Familie lebten im fernen China. Als wenn das nicht schon an sich eine einsame Angelegenheit wäre, entwickelte der Bub sich auch noch zu einem Schreikind. Wer in einem Wohnblock mit mehreren Parteien lebt, weiß, was das bedeutet. Das Kind schrie. Stundenlang. Ohne Unterlass. Es brüllte am Tag. Es weinte in der Nacht.

Anja und Martin leben Wand an Wand mit der Kleinfamilie und bekamen ungewollt den akustischen Terror des Kleinkindes mit. Der Abendfilm war stets vom herzerbärmlichen Nebengeräusch begleitet. Entspannung war unmöglich. An einem Abend sprang Anja auf, nahm ihren Mut zusammen, läutete an der Nachbarwohnung und platzte förmlich mit der Tür ins Haus:

„Hallo, ich heiße Anja und wohne mit Martin nebenan. Seid willkommen. Es freut mich, dass Ihr neu eingezogen seid. Es ist mir jetzt etwas unangenehm, so direkt zu sein, aber wir hören Euer Baby durch die Wand. Ich stelle mir vor, dass Deine Frau ziemlich am Anschlag sein muss. Möchtet Ihr ein wenig zu zweit spazieren gehen? Ich hüte das Baby für zwei Stunden."

Der völlig verblüffte Vater, der den weinenden Säugling auf dem Arm trug, bat Anja herein und rief seine Frau. Diese schlurfte sichtlich abgekämpft in rosa Pantoffeln in den Flur. Die Eltern besprachen sich kurz in Englisch und nickten der Nachbarin zu. Anja band sich das Kind mit einem Wickeltuch um, trug es anschließend wippend, singend, beruhigend durch ihre Wohnung. Der Junge brüllte unbeirrt weiter. Anja blieb ruhig, während sie kochte und den Tisch deckte. Sie wusste ja, dass sie das Schreikind später den Eltern wieder zurückbringen konnte.

Es spielte sich ein, dass Anja ein, zwei Mal in der Woche das Kind holte. Die Mutter streifte sich jeweils den Mantel über und verließ die Wohnung fluchtartig für die vereinbarte Zeit. Es sprach sich herum, andere Nachbarn hüteten das Kind oder luden das Paar ein. Einmal nahmen Anja und Martin den kleinen Jungen mit zum Samstagseinkauf in den Supermarkt. Zwischen kurzen Schlafintervallen schrie er auch da und erregte dadurch natürlich die Aufmerksamkeit der Wochenendeinkäufer. Besorgte Blicke, Stirnrunzeln und gut gemeinte Tipps bekam das junge Paar mit auf den Weg. Anja erwiderte einer Rentnerin, die sie auf das laute Kind aufmerksam machte: *„Ja, wir wissen, dass das Kind schreit. Danke!"* Und realisierte, dass betroffene Eltern in solchen überforderten Situationen wahrscheinlich selber kaum so schlagfertig sein konnten.

Als Anja einmal nach der Arbeit nach Hause kam, hörte sie schon im Hausflur das Weinen aus ihrer eigenen Wohnung. Wie sie eintrat, erblickte sie Martin mit roten Kopfhörern auf den Ohren, aus denen seine Lieblingsmusik drang. Am Boden stand eine Wippe, die er mit dem Fuß in Bewegung setzte, um den unermüdlichen Jungen zu beruhigen. Es bestätigte Anja und erfüllte sie mit großer Freude; sie hatte den richtigen Partner an ihrer Seite und die Mutter des Kleinen konnte in diesem Moment durchatmen.

Heute – fünf Jahre später – ist der Junge munter und fröhlich. Er läutet manchmal bei den Nachbarn, um Hallo zu sagen. Man sagt, er sei ein „gfreutes Chind". Anja und Martin haben mit ihrer beherzten Aktion gleich auf mehreren Ebenen Großartiges geleistet:

- aktive Integrationshilfe

- die Mutter vor einem Burn Out bewahrt

- Mediation (vielleicht Scheidungsprävention)
für das benachbarte Paar

- Verhinderung einer klassischen Ritalin-Karriere
des Jungen

- die Hausgemeinschaft zu Solidarität inspiriert

- nicht zuletzt haben sie ihre eigene Partnerschaft
gestärkt

Einfach nur groß!

11 / 2016

Etwas Warmes
braucht der Mensch

Am Abend des ersten Advents klingelte es an der Haustür. Wir hatten uns als Familie nach einer angespannten Woche bei Kerzenlicht und mit warmem Tee behaglich eingeigelt. Jeder werkelte vor sich hin und niemand war bereit zu öffnen. Also schickte ich mich drein und tappte unmotiviert zum Hauseingang, wo ich durch die Glasscheibe die Pudelmütze eines Kindes erkannte.

Unser Nachbarjunge schaute mich mit einem breiten Lächeln durch den Türspalt an und sagte fröhlich:

„Mama hat Gerstensuppe gemacht. Ihr seid herzlich eingeladen, mit anderen Nachbarn zum Feuer dazuzustoßen."

Die Einladung war so liebenswürdig, dass sie uns tatsächlich aus der warmen Stube in die kalte Novembernacht locken konnte. Wir waren eine kleine Runde, die sich im Garten an Suppe und Brot wärmte. Beim Kerzenschein begann ein älterer und zurückgezogener Herr aus dem Quartier, mit dem wir bis zum diesem Zeitpunkt kaum einen Austausch hatten, von früher zu erzählen.

Seine Eltern lebten Ende des 19. Jahrhunderts im Schwarzwald. Wegen schlechten Ernten und Arbeitslosigkeit litten sie Hunger und ergriffen die

Chance, die der österreichische Kaiser Franz Joseph mit Landschenkungen in der Wojwodina machte. Der Herrscher vieler Ländereien beabsichtigte damit, den dünn besiedelten Landstrich unmittelbar an der serbisch-ungarischen Grenze zu bevölkern und zum Aufschwung verhelfen.

Tatsächlich siedelten viele aus dem Norden in das Gebiet des heutigen Serbiens. Unser Nachbar wurde dort geboren und verbrachte in der neuen Heimat seine ersten Lebensjahre. Mit Ende des Zweiten Weltkrieges drangen die Russen vor, und unter Tito wurde das Land der Eltern annektiert. Der Vater war auf dem Heimweg aus dem Aktivdienst. Die Mutter fand mit den Kindern Zuflucht in einem Internierungslager, wo sie unter erbärmlichen Umständen leben und zusehen musste, wie die dreijährige Tochter vor Hunger verstarb.

Mit den letzten Kräften traten die Mutter und der fünfjährige Sohn eine Reise der Hoffnung an; dem Ehemann entgegen, zurück zu den Verwandten nach Deutschland. In Lumpen gekleidet und barfuß marschierten sie über Ungarn und Österreich bis nach Süddeutschland. Immer wieder erbarmten sich unterwegs Bauern der Fremden, versteckten sie oder gaben ihnen Almosen.

Unser Nachbar erinnert sich nicht mehr, wann der Vater dazu gestoßen war. Alles Erlebte vermischte sich in seiner kindlichen Erinnerung zu einem Patchwork aus einzelnen Bildern und Gefühlen. Die einzige Konstante auf der Odyssee war seine Mutter. Er weiß noch, dass sie das letzte Stück der Reise glücklicherweise mit dem Zug zurücklegen konnten. Dies dank dem geschickten Händchen des Vaters, der während des Aktivdienstes mit Zigaretten und Schnaps gehandelt hatte und den Schaffner mit Naturalien bestechen konnte. Der Nachbar schilderte die verblüfften Gesichter der Verwandten, die nach der Kunde der Ankunft der Flüchtlinge mit Pferd und großem Wagen zum Bahnhof eilten und kein Gepäck vorfanden. Und vor allem die allererste warme Mahlzeit, die seinen ausgehungerten Kinderbauch füllte, blieb unvergessen.

Seine Geschichte klingt noch in mir nach. Es hat sich nichts verändert. Früher wie heute bewegen sich Menschen dorthin, wo es Hoffnung auf Schutz, Nahrung und Arbeit gibt. Früher wie heute sind Menschen dankbar, wenn wir ihnen freundlich gesinnt sind. Welch ein Segen sind Menschen wie unsere Nachbarin, die zu einer Suppe einlädt und Begegnungen ermöglicht.

12 / 2016

Das Glück in der Zahnlücke oder wie wir uns das Leben zurechtglauben

Alles ist Energie. Energie ist immer da. Energie kann weder erzeugt noch zerstört werden, sie wandelt sich nur, sagt ein Grundgesetz der Naturwissenschaft. Die Auseinandersetzung mit Schwingungen und energetischen Feldern, mit Intuition und der Frage, wie wir mit anderen Menschen oder Örtlichkeiten und ihrer Prägung verbunden sind, hat mich schon immer fasziniert; vom spirituellen, wie auch vom wissenschaftlichen Standpunkt aus. Im Alltagsstrudel haben wir wenig Zeit und Raum, unsere Antennen auszufahren und wahrzunehmen, oder müssen uns diesen regelrecht freischaufeln. Tiere wissen und unsere Vorfahren wussten, dass das Schärfen aller Sinne ein überlebenswichtiges Instrument ist. Die moderne Zivilisation schüttet unsere von Natur aus gegebene Fähigkeit der Intuition mit Medienüberreizung, Junk Food, dem Takt von Arbeit, Schule und Freizeithyperaktivität zu.

Auf Reisen erlebe ich den Luxus, auf meinen eigenen Rhythmus zu hören, auf die feinen, leisen Wahrnehmungen zu achten, meinen siebten Sinn zu schulen und darauf wie auf einen Kompass zu vertrauen. Im Kontakt mit anderen Menschen lerne ich jeweils andere Lebenskonzepte kennen. Solche gibt es wie Sand am Meer. Das finde ich erfrischend. Denn die Weltreligionen haben uns nicht wirklich viel Segen gebracht. Mögen uns Religionen moralische Leitplanken sein, so sind sie aber kein Freipass, das Hirn auszuschalten und blind Missionaren nachzulaufen. Und ich wünsche mir für die Menschheit, dass die verirrten Spinner bald keine Rekruten mehr finden für das Bombenkreuzrittertum. Gebt den jungen Menschen Arbeit, Sinn und Perspektiven, aber keine fucking Dogmen und vor allem keine Waffen (aus der Schweiz unter anderem)! Glauben ist individuell und bunt geworden. Kaffeesatzlesen, Jenseitskontakte und sonntäglicher Kirchgang schließen sich heutzutage nicht mehr aus. Und das ist doch gut, wenn es jemandem Sinn und Kraft gibt und wenn man dafür nicht andere umlegt! Wir glauben uns die Welt zurecht, damit wir in ihr klar kommen.

Einen herzigen Zahnlückenglauben hatte Joey, den ich bei einem Musikfestival in Australien traf. Angus Young-Nachahmer, Blueser und Rockladies unterhielten das bunt durchmischte Publikum. Barfuß auf einem Teppich unter weit ausladenden Bäumen spielten die Musiker. Alle paar Songs wechselten sie sich aus. Easy sunday evening listening. Ich mischte mich unter das fröhliche Beisammensein mit einem Bier in der Hand, lehnte mich an einen Zaun und wippte mit dem Fuß. Die Szenerie erinnerte mich an mein Lieblings-Open-Air in der Region, wo ich aufgewachsen bin, was mir ein Dauergrinsen der Gemütlichkeit ins Gesicht zauberte.

Ein angegrauter, drahtiger Althippie in Jeans und Hemd mit einem Bier in der Hand und einer Kippe im Mund kam auf mich zu und sprach mich an. Er war leicht angetrunken, was ich an seinem Gang und seinem Atem, wie er mir etwas zu nahekam, erkannte. Er stellte sich als Joey vor und dass ich ihm mit meinem Aussehen aufgefallen und er ganz verzückt von meinem Lächeln sei. Um die Grenzen abzustecken, habe ich dann schnell erzählt, dass am nächsten Tag mein Mann mit meinen zwei Söhnen anreist.

Er versicherte mir, er wollte mich gar nicht anmachen, sondern einfach nur mit mir plaudern. Er stellte mich allen seinen Kumpels vor, wie um zu beweisen, dass er kein lonesome Cowboy war, der Mitleid brauchte. Joey merkte an, dass vor allem meine Zahnlücke ein Hingucker sei. Diese bedeutete, der Träger habe viel Glück im Leben. Alle Menschen, die er kenne, die eine „Gap", eine Lücke, zwischen den Schneidezähnen hätten, hätten es zu etwas gebracht und wären vom Leben gesegnet.

Ich denke mir so: *Ist doch schön. Es fühlt sich sehr gut an, gesegnet zu sein. Auch wenn der Segen von einem Althippie kommen mochte. Und why not? Warum sollte nicht jede und jeder das Recht haben, sich sein eigenes Glück zurechtzuglauben?*

6 / 2016

Der letzte Wunsch

Mein Pate war nach einem langen, reichen Leben sanft verstorben. Seine Urne sollte an seinem letzten Wohnort im Val Lumnezia im Bündnerland beigesetzt werden. Der Weg von meinem Ort am Bodensee bis ins Bergdorf dauert mit dem Zug rund dreieinhalb Stunden und bedingte mehrmaliges Umsteigen. Ich machte mich an diesem kalten Januartag auf die Reise. In Rorschach fuhr mein Zug pünktlich ein, es blieben mir fünfzehn Minuten bis zur Weiterfahrt. Also alle Zeit der Welt. In aller Gemütlichkeit wartete ich auf Gleis vier auf den Anschlusszug, die Anzeigetafel Chur 10.40 im Blickfeld. Also alles unter Kontrolle. Links und rechts von mir warteten andere Reisende. Eine Frau reckte ihr Gesicht den Sonnenstrahlen entgegen, die durch eine Lücke zwischen zwei Häusern einfielen.

Ich wanderte in Gedanken zur bevorstehenden Beerdigung. Mein Pate Freddie hatte mir als Kind sehr viel bedeutet. Ich erinnerte mich an gemeinsame Spaziergänge in den Bergen, an seine Kauzigkeit, an seinen unverkennbaren Glarner Dialekt, den ich schwer verstand. Unweigerlich führte mich die Erinnerung auch zu seiner Frau, Tante Elsbeth. Sie, die mit der Aura der Großstadt – Zürich war in meinem kindlichen Universum auf einem anderen Planeten – zu uns aufs Land wirbelte und von Trams, Taxis und Einkaufshäusern berichtete. Wenn die beiden uns besuchten, brachten sie immer etwas Aufregendes aus der Stadt mit, wie zum Beispiel *Micamu Caramelbonbons*. Die waren für mich als Kind eine göttliche Kostbarkeit. Das Schleckzeug gab es auf dem Dorf damals nicht.

Die Tante ist das Jahr zuvor verstorben und ich war damals an der Bestattung nicht dabei. Ihr letzter Wunsch war, nur im engsten Familienkreis eingeäschert zu werden. Mich hat ihre Entscheidung irritiert und zum Grübeln gebracht. Darf ein Mensch bestimmen, wer wie von ihm Abschied nehmen möchte? Wer hat die Hoheit über die Abschiedsfeier? Haben nicht alle Zurückgebliebenen, die in irgendeiner Weise eine Beziehung zu dem Menschen hatten, das Recht, an einer Bestattung teilzunehmen?

Ich bin in einer großen Sippe aufgewachsen. Bei unseren Zusammenkünften ging es oft laut und lustig zu und her. Deswegen hatte es mich erstaunt, dass Freddie und Elsbeth still und leise gehen und sich nicht mit Pauken und Trompeten ehren lassen wollten. Mit ihrem letzten Wunsch lernte ich noch einmal eine andere Seite von ihnen kennen. Wahrscheinlich spielt es keine Rolle, an welchem Ort man die Beziehung zu einem verstorbenen Menschen ehrt. So verschieden die Menschen sind, so verschieden sind die Möglichkeiten, sich aneinander zu erinnern und zu würdigen.

Immer noch auf dem Perron wartend, kam mir auch meine bald 90-jährige Patin in den Sinn. Auch sie war mir als Kind eine inspirierende Bezugsperson. Sie schenkte mir unzählige Bücher, erzählte von Reisen und Kulturen. Ich klebte an ihren Lippen, wenn sie erzählte. Heute lebt sie im Altersheim. Mit Schrecken realisierte ich, dass ich sie schon über ein Jahr nicht besucht hatte. Ich nahm mir auf dem Gleis in Rorschach fest vor, sie bei der allernächsten Gelegenheit zu besuchen.

Dann bemerkte ich, dass die Sonnenanbeterin nicht mehr neben mir stand, dass sich der Perron geleert hatte. Verwundert blickte ich mich um und sah den Zug nach Chur ganz gemächlich Fahrt aufnehmen und aus dem Bahnhof entschwinden. Ich stand da wie ein begossener Pudel. Nach dem ersten Schreck und der Verärgerung schickte ich mich drein und suchte die nächsten Verbindungen heraus. Die Fahrt durch das tiefverschneite Rheintal, durch das mit Puderzucker bestäubte Versamer Tobel war märchenhaft. Ich staunte, ließ mich verzaubern und der verpennte Anschluss war schnell vergessen.

Ich kam viel zu spät, die Beisetzung hatte stattgefunden, die Familienangehörigen waren gerade im Begriff, zum Leidmahl aufzubrechen. Es war mir ein großes Anliegen, meine „Mission" zu Ende zu führen und blieb alleine auf dem tief verschneiten Friedhof zurück. Pate und Tante ruhen in derselben Grabreihe nebeneinander. Auch dieser Wunsch Tante Elsbeths hatte sich, weil sich in der Zwischenzeit niemand getraut hatte, abzuleben und sich zwischen die Eheleute zu quetschen, erfüllt.

Frische Blumen schmückten die blanke Erde auf Freddies Grab. Elsbeths Inschrift aus Stahllettern war vom Schnee freigewischt worden. Ich füllte mir heißen Tee aus der mitgebrachten Thermoskanne in den Becher und hielt mit den beiden Verstorbenen einen Schwatz. Die Sonne wärmte meine Wangen. Der Schnee blendete mich, sodass ich öfter die Augen zukneifen musste. Für eine Weile verwischten die scharfen Konturen zwischen Leben und Tod. Tiefe Ruhe und Einverständnis erfüllten mich. Irgendwann löste ich mich aus der Idylle und legte zum Abschluss einen Herzstein, den ich am Strand von Darwin gefunden hatte und jetzt als Symbol für die Reise zwischen den Welten passend fand, auf die Stätte.

Bevor ich mich zu den Cousinen gesellte, lockte mich die märchenhafte Winterlandschaft zu einem Spaziergang. Das Bündner Dorf hatte unsere Verwandtschaft jeden Winter in die Berge gelockt und auf vielfältige Weise Begegnungen über Generationen ermöglicht. Mit Freddies und Elsbeths Ableben ist der Anker gehievt. Das Dorf wird nie mehr dieselbe Bedeutung für uns alle haben. Ich habe mich auf dem Spaziergang durch die tief verschneite Ebene auch von einer Ära verabschiedet.

Vom Kind zur Frau in voller Blüte herangereift, spürte ich eine laue Spätsommerstimmung aufkommen. Der Lebensherbst kündigte sich leise an. Jetzt, wo Eltern, Onkel und Tanten langsam wegsterben, rutschen wir in der Generationenreihe nach. Auch meine Jahre sind gezählt. Der Tod ist Realität. Früher oder später fällt der letzte Vorhang.

Bei der Einkehr auf einem Sonnenbänklein, den

Blick über das weite Tal schweifend, reifte in mir mein letzter Wunsch an meine Kinder, an meinen Liebsten, an die Mitmenschen: Sagt mir doch bitte zu Lebzeiten, was ich euch bedeute. Sagt mir ins Gesicht, was stört, bereinigt an Ort und Stelle, was zwischen uns nicht im Frieden ist. Das möchte ich fortan selber auch beherzigen. Es ist nicht der Grabstein, der einen Menschen wichtig macht.

Es sind Gespräche, wahrhaftige Begegnungen, Zeugenschaft, die unser Leben reich machen. Unser Leben kann getrost Dellen und Brüche haben. Gelebte Aufrichtigkeit und Liebe möchte ich als Essenz im Herzen mit auf den letzten Flug nehmen. Wir sind zu jeder Zeit Reisende zwischen den Welten und je leichter das Gepäck, je weniger wir anhaften an einem Ort, an Gelübden, an Erwartungen und überholten Traditionen, desto leichter wird die Reise.

2 / 2017

Hinterm Horizont geht es weiter

Der erste Mensch, den ich habe sterben sehen, war mein Großvater. Vorher ist mir der Tod nur bei Tieren begegnet. Es gab manchmal eine tote Katze oder ein totgeborenes Kalb auf dem Hof. Im Bauernalltag gehörte es mit dazu. Die toten Verwandten bekamen wir als Kinder nicht zu Gesicht. Die waren auf einmal nicht mehr an den Familienfeiern anwesend.

Anders war es bei Großvater. Unter demselben Dach lebend, war er immer in meinem täglichen Blickfeld. Auch als Erwachsene ausgezogen, blieb er für mich eine wichtige Bezugsperson, bei dem ich immer vorbeischaute beim Besuch zu Hause. Im würdigen Alter von 90 Jahren bekam er Krebs. Die Diagnose hat den stolzen Mann in die Knie gezwungen. All die anderen Zipperlein hatte er bis dahin unbeeindruckt an sich vorbeiziehen lassen. Er hätte sich einen einfacheren Tod gewünscht, hatte er mir anvertraut.

Der Krebs war fortgeschritten, die aufwendige Pflege konnte niemand von den Angehörigen leisten. Sie waren selber zu gebrechlich, zu weit weg, zu ungeschult, zu befangen. Er kam auf die Pflegestation des Altersheims im Nachbardorf, wo er, medizinisch gut versorgt, seine letzten Tage verbringen konnte. Ich war Mitte Zwanzig, beruflich im Umbruch und frei, den Sterbenden mit einer Tante abwechselnd rund um die Uhr zu begleiten.

Ich wusste nicht, was auf mich zukam, betrachtete es eher als ein Forschungsprojekt.

Die zwei Wochen prägten mich fürs Leben. Ich erlebte, wie sich der Körper von Tag zu Tag verflüchtigte, die Organe den Dienst quittierten, wie Essen und Flüssigkeitsaufnahme keine Rolle mehr spielten. Wenn Großvater döste, beobachtete ich, wie sich die Seele förmlich von der Materie löste und sich wie eine Katze hinterm Ofenrohr in eine kleine Ecke zusammenrollte, um ihre Ruhe zu haben, um sich zu sortieren. In wacheren Momenten focht Großvater alte Fehden aus, schimpfte, rang, bereinigte, suchte mit seinen Augen Rat und Versöhnung. Ich verstand seine Worte nicht, ich erahnte nur, dass er mit sich und dem Leben aufräumte.

Erst dachte ich, dass ich ihm helfen müsste, sein Sterben mit Zuspruch zu beschleunigen, als wäre er ein erschöpfter Sportler vor dem Zieleinlauf. Das lange Warten und Zusehen machte mich zum Glück demütig. Ich sah ein, dass das Hinscheiden ein Prozess ist, der uns Außenstehende nichts angeht, dass hier andere Mächte am Werk und wir nur Zeugen sind. Es gab Momente des Haderns, ob ich ihn nicht beim Loslassen störte. Doch Großvater gab mir Zeichen, dass er meine Anwesenheit schätzte. Das freute und entspannte mich.

Wenige Tage, bevor sich seine Seele erhob, wurde Großvater sehr ruhig. Er nahm kaum mehr Kontakt auf mit der Außenwelt. Es gab eine ältere

Betreuerin, die besonnen, würdevoll und voller Liebe dieses sterbende Geschöpf pflegte. Dies berührte mich bis in alle Fasern. Von ihr lernte ich, den inneren Impulsen vertrauend zu singen. Jedes Mal, wenn sie Großvater ins Ohr sang, wandte er ihr den Kopf zu und schien die tröstenden Worte und Laute in sich aufzusaugen. Es war die einzige Mahlzeit, die ihn noch nährte. Ich begann, wenn ich alleine mit Großvater war, mich zu getrauen, selber zu singen. Es waren einfache christliche Lieder aus dem Repertoire der Sonntagsschule und dem Konfirmandenunterricht. Zum ersten Mal erkannte ich ihren Gehalt. Es erfasste mich jeweils eine Heiligkeit – ich hüte mich, dieses Wort zu strapazieren, aber bisher fand ich kein passenderes, um diese Ergriffenheit am Tor zur Anderswelt zu beschreiben.

Als er seinen letzten Atemzug nahm, legte sich eine Ruhe über alles wie eine warme Decke. Ich konnte seine Seele nicht sehen, aber spürte sie das ganze Zimmer fluten, während der Körper leblos in den Laken lag. Ich fühlte mich von einer unbegrenzten, liebenden Dimension umhüllt, die ich jederzeit abrufen kann, wenn ich daran denke. Auch hier und jetzt beim Schreiben.

Natürlich war ich auch traurig über Großvaters Tod. Doch das Geschenk, die Gnade, Zeugin seines Übergangs gewesen zu sein, überwog und hält bis heute an. Ich bekam einen Geschmack von der Ewigkeit, für die spirituelle Dimension unserer Existenz. Es kann mit dem Tod nicht fertig sein. Da lebt etwas weiter. Ich habe weitere Menschen begleiten dürfen und immer wieder dieselbe Erfahrung gemacht. Der Sterbeprozess war bei jedem individuell. Aber der Übergang, die erhabene Präsenz nach dem letzten Atemzug, war immer gleich. Meinen „heiligen Raum" suche und finde ich heute regelmäßig in Meditationen und beim Singen.

Bei Großvaters Abdankung blieb der rechte Platz neben mir in der Kirchenbank erst unbesetzt. Mir war plötzlich, als spürte ich eine leise Berührung und Präsenz, so, als hätte sich Großvaters Geist in die Lücke gesetzt. Vielleicht bildete ich es mir nur ein. Es hätte auf jeden Fall zu ihm gepasst, dass er seine große, letzte Show und die Rede des Pfarrers nicht versäumen wollte.

2 / 2016

Wie ich zum Schreiben kam

Schreiben ist für mich Psychohygiene, seit ich mit dreizehn mein erstes Tagebuch geschenkt bekommen habe. Zum Geschichtenschreiben kam ich nach zwei heftigen Umbruchzeiten. Das erste mal 2009, weil sich im Dorf am See einfach kein neues Heimatgefühl einstellen mochte und ich aus Fern- oder Heimweh in alten Geschichten kramte. Der Baske auf der Küchenanrichte* trat mir in den Hintern Seemannsgarn öffentlich zu machen.

Den zweiten Schubs bekam ich 2016, als mich ein Crash bei Glatteis auf der Autobahn, verschiedene körperliche Symptome und der nicht geglückte Wiedereinstieg ins Erwerbsleben in die Knie zwangen. Wie in jeder Krise keimten Fragen auf: die nach dem Sinn und die, was das Leben einem denn noch bescheren mochte. Bei mir ploppten zwei Antworten auf: Ich möchte noch einmal nach Australien reisen und ich möchte eine Frauen-Saga schreiben! Aus der Australienreise sind Facebook-Blogs, der Fundus dieser Geschichten, entstanden. Aus der Recherche in Australien entsteht in den nächsten Jahren die fünfteilige Bernsteinsaga. Und heute nenne ich mich mutig Schriftstellerin!

* siehe nachfolgende Geschichte

Der Baske auf der Küchenanrichte

Die Episode mit *Juanes* ist so verrückt, dass ich sie bisher nur wenigen erzählt habe. 2009 tauchte er einfach auf. Wir waren damals gerade in unser großes Haus umgezogen. In der Folge brach unser bisher gewohntes Freundes- und Alltagsnetzwerk weg. Ein neues ließ sich auf die Schnelle nicht etablieren. Unser Jüngster bescherte uns schlaflose Nächte, der Mittlere erboxte sich seinen Platz im Kindergarten, weil ihm keine bessere Strategie einfiel. Die Größte legte sich mit dem Pubertieren ins Zeug und für die Trauer um meinen Vater, der in dieser Umbruchphase starb, blieb kaum Luft.

Mein Rettungsanker waren das Schreiben und das Musizieren mit meinem Mann. Jeweils freitags hatte ich eine Zeitinsel von zwei Stunden, während der alle Kids untergebracht waren. Ich schrieb damals die Frachterreise nach Australien auf, die ich mit Anfang Zwanzig gemacht hatte. Weit entfernt davon, es jemals zu veröffentlichen, amüsierten mich das Niederschreiben und das jüngere, naive Ich meiner selbst. Beim Abtauchen in eine andere Welt vergaß ich meinen kräftezehrenden Alltag um mich herum.

An einem dieser Schreibmorgen saß ich, wie immer, am Küchentisch vertieft über meinem Laptop als mich plötzlich Düfte, die ich nicht zuordnen konnte, irritierten. Es stank in unserer Küche nach Zigaretten, Knoblauch und Fisch. Ich hob und drehte verwirrt den Kopf in Richtung der

Geruchschwaden und traute meinen Augen nicht, was sie da sahen. Halluzinierte ich?! Ich sah einen wilden, ungepflegten, wüsten Kerl, das eine Bein über das andere geschlagen, auf die Küchenablage gepflanzt. Er trug zerlöcherte Jeans, einen roten, ausgefransten Wollpullover. Auf dem Kopf tanzten fettige, schwarze Locken, sein Gesicht war von Stoppeln aller Couleur übersät. Mir fiel die Kinnlade runter. Jetzt war es soweit! Ich war verrückt geworden! Dieser Mann flößte mir Angst ein! Er stank bestialisch und das Kläglichste waren seine schwarzen, faulen Zahnstummel in seinem Mund, die er entblößte, als er mich breit angrinste.

„Ich bin Juanes! Habe ich Dich erschreckt?", sagte er und lachte. Meine Verwirrung war groß! Ich hatte in Meditationen schon öfter innere Bilder gehabt und war überzeugt, bezüglich Übersinnlichem abgeklärt und offen zu sein. Doch das war eine Nummer, die meinen Verstand überstieg.

„Hör mal, Mädchen, ich bin gekommen, um Dir einen Arschtritt zu verpassen! Du bist grad ziemlich heruntergekommen und kommst nicht recht in die Gänge."

Frecher Kerl, wer von uns zweien ist hier heruntergekommen!!!

„Das Leben ist manchmal anstrengend, fordert und scheint ungerecht. So what! Du hast in Dir die Power. Wecke sie wieder! Hör auf zu lamentieren und mach, was Dir guttut! Schreib! Bring Deine Geschichte mit

dem Seemann fertig und mach ein Buch daraus! Es wird einigen gefallen!»

Was faselte der da? Ich schrieb doch nur für mich. Wen interessiert's? Was hatte ich denn zu sagen? Ich bin darin ja nicht ausgebildet. Und überhaupt, was fällt dem ein, hier aufzutauchen und mir Anweisungen zu geben! Ich wurde stinksauer auf diesen – ja, was war er denn? Ein Geist? Eine Halluzination? Ich war dabei, gleich durchzudrehen!

„Schau, ich war ein baskischer Untergrundkämpfer und bin bei einem Bombenattentat Hops gegangen. Dumm gelaufen. Ich habe in der Zwischenzeit nachgedacht und erkannt, dass es nur doof ist, gegen etwas zu kämpfen, statt selber Neues zu kreieren, was einem selber oder anderen Leuten Bock macht! Ich habe mit dem Töten meiner Gegner rein gar nichts gewonnen. Ich war so wütend auf das System und ich war überzeugt, es sei der einzig richtige Weg, die Mächtigen mit Gewalt zu bodigen* (zu Boden bringen). Nada! Das kann man so machen. Aber das ist Kacke. Bin ja selber draufgegangen. Und viele meiner Kumpels auch. Heute würde ich mit meinem Feuer, etwas bewegen zu wollen, Schulen oder Häuser bauen, Bäume pflanzen oder was weiß ich! Du hast viel Power, die raus will. Mach, was Dich glücklich macht! Schreib! Sing! Mach weiter. Es gibt Leute, die Dich scheiße finden. Na und? Es gibt aber Menschen, die Du mit Deiner Art inspirierst. Für die wenigen: Mach es! Aber vor allem tu es für Dich! Es bringt Dich ins Lot und zurück zu Deiner nie versiegenden Energiequelle! Ich weiche nicht von Deiner Seite, bis

Du Dein Seemannsgarn veröffentlicht hast! Basta! Das ist mein Spaß!"

Wieder lachte er laut und unverschämt! Was fiel dem Penner ein! Unerhört! Wie ich empört zum Protest ansetzen wollte, war er verschwunden. Hatte sich in Luft aufgelöst. Na also, doch ein Hirngespinst! Ich beobachtete jedoch eine Veränderung in mir. Ich war plötzlich vitalisiert und der Gedanke, die Seereise zu veröffentlichen, verpasste mir einen unglaublichen Energieschub!

Ich schrieb weiter, jeden Freitag. Juanes hockte auf der Anrichte neben der Obstschale, jeden Freitag. Ich gewöhnte mich an ihn und seine Ausdünstung. Ein Jahr später hielt ich mit Herzklopfen mein erstes Buch *Seemannsgarn* in den Händen und platzte fast vor Freude. Juanes stand stinkend hinter mir und klopfte mir auf die Schulter.

Meinen baskischen Untergrundkämpfer habe ich seitdem nie mehr gesehen. Brauche ihn auch nicht mehr. Bin jetzt selber mutig. Das zweite Buch *Esmeralda* ist inzwischen auch veröffentlicht und kann, wie *Seemannsgarn,* einen Achtungserfolg verbuchen. Die fünfteilige *Bernsteinsaga* entsteht gerade. Zwar habe ich mit jedem Text, der öffentlich geht, immer noch einen Riesenbammel, dass man ihn oder mich völlig daneben findet. Doch es scheint dazuzugehören, wie das kurze Zwacken im Bauch vor dem Sprung vom Fünfmeterbrett. Das großartige Gefühl nach dem Sprung ist es immer wert! 8 / 2016

Die Reisegruppe im Kopf
oder
wie es zur Bernsteinsaga kommt

Ich bin eine Reisende. Nichts macht mich lebendiger, als Neues zu entdecken, fremde Gerüche zu wittern, als Geschichten zu lauschen. Alle Sensoren sind ausgefahren und auf Empfang, wenn ich „on the road" bin. Die Eindrücke sind Spielzeug für meinen Geist. Wofür brauche ich einen Fernseher? Menschen und das pralle Leben sind mein Entertainment. Was mir im Außen begegnet, nehme ich auf; es wird wie in einem Kuhmagen widergekäut, verdaut, transformiert und kommt am anderen Ende mit Verzögerung, manchmal Jahre später, als Geschichte heraus.

Seit ein paar Monaten begleitet mich eine Reisegruppe. Im Kopf. Fünf weibliche Persönlichkeiten, die mehr und mehr Charakter und Konturen bekommen. Sie drängen mich „fürsi", also vorwärts zu machen, sie wollen geboren werden. Ich stelle mir Inkarnation so vor: Seelen stehen in einer endlosen Schlange im Paradies vor einer riesigen Rutsche. Da wird gedrängelt und geschubst, jeder will Erster sein, kann es kaum erwarten, auf die Welt zu kommen. Immer wenn auf Erden ein Paar in Liebe oder Lust zusammenkommt und ein neues Menschlein erschafft, blinkt ein grünes Licht auf. Dies ist das Zeichen für den Vordersten zu rutschen und unten in das Fleischklümpchen zu schlüpfen, es zu beseelen.

So steht auch die bunte Frauentruppe bereit zum Absprung. Jede drängelt und zappelt vor Ungeduld! Jede will ihre Geschichte erzählen, damit ich sie auf Papier bringe. Wie muss ich die Damen immer wieder zur Raison bringen. Alles braucht seine Zeit, Ladies! Und jede der Reihe nach!

Mit TRUDE (*1908) hat alles angefangen. Diese Dame gab es wirklich. Ich habe Trude mit ihren vitalen achtzig Jahren 1988 in Brisbane kennengelernt. In meinem Buch *Esmeralda* habe ich ihre Odyssee von Estland über Leningrad nach Australien nacherzählt. Ihre faszinierende Migrationsgeschichte ist wahr, die Kinderzahl stimmt, einen deutschen Mann gab's auch. Alles andere – das oute ich hier jetzt, sorry – entspringt purer Fabulierlust. Die Geschichte in *Esmeralda* endet damit, wie Trude ihren geliebten Mann Valentin und den ältesten Sohn beim japanischen Luftangriff von Darwin 1942 verliert. Viele Leser haben mich gefragt: Ja, und jetzt? Was ist denn aus ihr geworden?

In der Reihe gleich hinter Trude steht Mutter MARTHA (*1878) und ruft mir zu: „Meine Reise ist auch bemerkenswert!" Martha ist mit ihrer Familie auf einem Fuhrwerk um die Jahrhundertwende vom schweizerischen Emmental nach Estland ausgewandert. Sie ist eine gschaffige (arbeitssame) und züchtige Frau. Wie war es damals in der Schweiz in der Zeit der Industrialisierung, worauf ist die Familie im Baltikum gestoßen? Das möchte erforscht und niedergeschrieben werden!

Trudes Tochter ANNIE (*1939): Sie lebt in Brisbane, hat hohe Ansprüche an sich selbst und andere, ist diszipliniert und korrekt. Sie reist nicht. Sie wohnt mit ihrem biederen Mann Malcolm in einem bürgerlichen Haus mit Swimmingpool, hat manikürte Finger, kommt immer wie aus dem Ei gepellt daher. Die Highlights der Woche sind die samstäglichen Barbecues, Tupperparties mit ihren Freundinnen oder Wohltätigkeitsbasare in der anglikanischen Kirche. Die zwei Kinder könnten unterschiedlicher nicht sein. Der Sohn kommt wohlgeraten ganz nach dem Sinn der Eltern.

Aber Tochter MEILIN (*1961) ist eine wilde Hummel! Mit knapp zwanzig brennt sie mit einem französischen Backpacker durch. Die Biederkeit ihres Elternhauses ist für die temperamentvolle und lebenshungrige Frau wie ein Gefängnis. Sie reist mit dem Franzosen nach Marokko und landet schließlich in Südfrankreich in einer Hippiekommune. Meilin lässt nichts aus: Drogen, Alkohol, Männer, Frauen. In Walter, einem Schweizer, der im Retreat spirituelle Erleuchtung sucht, findet sie für kurze Zeit Halt. Er ist der Vater von AMBER, die in der Kommune zur Welt kommt. Meilins Exzesse machen es ihr unmöglich, die Tochter selber zu versorgen.

AMBER (*1986) kommt mit roten Haaren zur Welt. Den Namen verdankt sie dem Bernstein, den ihre Ururgroßmutter Martha auf dem Weg ins Baltikum in der Bucht von Riga gefunden hat und der jeweils von Mutter zu Tochter weitergereicht wird. Wegen Mutter Meilins unstetem Leben kommt Amber ab ihrem zwölften Lebensjahr bei ihrem Vater in Zürich zu wohnen. Ihr Dad wird ihr ruhiger Pol, der sie mit seiner klugen Weltsicht prägt. Sie beginnt sich für globale Zusammenhänge zu interessieren, studiert und engagiert sich politisch.

Die Frauen meiner Reisegruppe unterhalten sich in meinem Kopf, diskutieren über das Weltgeschehen aus den verschiedenen Perspektiven, streiten über gewisse Standpunkte. In einer Sache sind sie sich aber einig: Es wird allerhöchste Zeit, dass sich die Frauen weltweit erheben, sich in den öffentlichen Diskurs einbringen und ihren Anteil der Macht zurückholen. Es braucht dringend mehr Herz, Solidarität und Intuition auf diesem Planeten.

Mit dieser illustren Frauentruppe bin ich noch eine Weile unterwegs und gespannt, wohin uns die Reise führt. Jede einzelne erhält ihren eigenen Roman. Die Reihe wird in den kommenden Jahren als Bernsteinsaga, weil ein Bernstein der rote Faden ist, herauskommen.

10 / 2016

Ich packe meinen Koffer

In zehn Tagen geht mein Flieger nach Australien. Damit löse ich ein Versprechen ein, dass ich mir vor 28 Jahren gegeben habe. Zwei Ehen, drei Kinder, finanzielle Engpässe, der Balanceakt zwischen vernünftigen Teilzeitstellen und Berufung, eine tiefe Sehnsucht, etwas Gutes für die Welt zu tun, haben mich beschäftigt und getrieben. Ich habe in den letzten drei Jahrzehnten unzählige Rollen eingenommen und meisterhaft dargestellt.

Doch jetzt bin ich müde, als Akteurin täglich auf der Bühne zu stehen und zu spielen. Der Körper hat deutliche Signale gesendet. Ich sehne mich nach einem ganz intimen Rendezvous mit meiner eigenen Seele, meiner tiefsten inneren Instanz. Sie ist sehr leise, fast nicht mehr wahrnehmbar geworden.

Es muss ein Date am anderen Ende der Welt sein. Zum einen, weil dort etwas Unerfülltes noch einmal gesehen werden möchte. Und es muss so weit weg wie möglich von meinen alltäglichen Verlockungen und Verpflichtungen sein. Ich gehe ungeschminkt zur Verabredung mit meiner Seele. Es ist der Dresscode, den sie mir mit der Einladung übermittelt hat. Ich soll so kommen, wie ich bin: ungeschminkt, nackt, verletzlich und echt.

Gerne komme ich dieser Einladung nach. Ich sehne mich regelrecht nach dem ungeschminkten Zustand. Ich mag mich schon so herausgeputzt. Ich bin auf dem Höhepunkt eines prallen Lebens, versöhnt mit mir als Frau. Aber ich bin erschöpft vom Bestreben, eine ausgewogene Mutter, eine sexy Partnerin, eine originelle oder engagierte Berufsfrau zu sein. Wie sehne ich mich danach, meine Beine und Achselhaare für eine Weile nicht rasieren zu müssen, um gepflegt zu wirken. Für einmal keine Mascara oder Eyeliner aufzutragen, um den gewissen frischen Blick zu haben. Freiheit, ich komme!

Mögen Wind und Meer mein Haar zerzausen und alle Maskerade wegpusten. Möge alles von mir abfallen, was meine Seele zugekleistert hat. Sie ruft mich und möchte sich, wenn die Alltagshüllen fallen, in ihrer schlichten Schönheit zeigen. Sie möchte mit mir ein stilles Gespräch führen, mit mir die vergangenen Jahre reflektieren und eine Essenz daraus ziehen. Sie möchte mit mir das, was noch weh tut, sanft zum Heilen bringen. Sie möchte mich zur Wut führen, die bisher noch keinen Ausdruck finden konnte. Nackt, ungeschminkt und roh werde ich mit den Wellen schreien und um das Unerfüllte trauern. Salzwasser ist die beste Therapie bei Verkrustungen – innen wie außen. Es ist das Peeling, die krümelig gewordene Schminke von der Haut abzuschuppen, und es ist Peeling für die Seele, ihre wilde, ungezähmte, unbändige Schönheit freizulegen.

Ich bin gewiss, dass ich nach dem Rendezvous mit meiner inneren Instanz wie neugeboren die Nase in die Meeresbrise stecken werde. Eins mit der wilden Natur, wird es mir ein Leuchten in die Augen und ein Lächeln ins Gesicht zaubern, das so tausendmal verführerischer ist als ein künstliches Make-up. Und doch, darf die Seele immer wieder in ihren wilden Zustand tanzen, wird sie das Spiel mit den Farben, mit Puder, Glimmer und Tand wieder neu lieben. Denn es ist ein Spiel mit den Rollen auf der Bühne des Lebens.

Dieser Text wurde erstmals 2017 im Buch "Ungeschminkt Frau", Hrsg. Bettina Zumstein, Sheema Medien Verlag, ISBN 978-3-931560-49-2 veröffentlicht und hat mich zum Sheema Verlag geführt, der die Bernsteinsaga herausgibt.

6 / 2016

Trauern, um zu leben

Wir haben in einem Künstler-Resort an der australischen Ostküste ein Familienzimmer gebucht. Die Vermieterin kündigte vorab an, dass zeitgleich mit unserer Ankunft eine Trauerfeier abgehalten wird. Es schien mir ein wenig seltsam, dass an einem Ort, an dem ich Ateliers und Touristenzimmer mieten kann, Zeremonien abgehalten werden. Doch da wir mit Trauer und Tod keine Berührungsängste haben, hatte Angelas Information keinen Einfluss auf unsere Buchung. Wir erfuhren weiter, dass der Verstorbene ein 28-jähriger Mann war, der an einer Anschwellung im Hirn im Schlaf gestorben war. Er sei ein sehr beliebter Nachbar gewesen, sein Tod habe große Bestürzung bei allen ausgelöst, wie Angela ausführte.

Es war bereits Nacht bei unserer Ankunft. Wir wurden von Angelas Mutter freundlich empfangen und unserem Zimmer zugewiesen. Dies befand sich in einer Holzlodge an erhöhter Lage an der oberen Tangente einer großen Ferienanlage, die vor ein paar Jahren liebevoll auf dem Gelände einer ausgedienten, verfallenen Sägerei errichtet worden war. Das Cedar Art Resort liegt mitten im Busch in einem kleinen Waldstück bei Calliope, unmittelbar neben dem Bruce Highway. Unzählige massive Holzbauten und Ateliers sind mit einem langen Holzsteg, der durch das Gelände führt, verbunden. Am unteren Ende der Anlage steht eine offene, konfessionsneutrale Buschkapelle. Der offene Holzbau thront wie ein stolzes Schiff auf der

Waldlichtung und übt eine faszinierende Anziehungskraft aus. Es wunderte mich beim späteren Augenschein bei Tageslicht nicht, dass dieser Ort für Hochzeiten und eben auch Trauerfeiern rege genutzt wird.

Auf dem offenen Gelände rund um die Kapelle brannten unzählige Feuer in ausgedienten Ölfässern. Ein Beamer projizierte von den Angehörigen zusammengetragene Lichtbilder des Gegangenen auf eine große Leinwand. Dazu ertönte laute Rockmusik aus Boxen. Musik, die vermutlich der Verstorbene gerne gehört hatte. Die Angehörigen, die um den jungen Mann trauerten, standen mit Bier in der Hand um die Feuer, wippten zur Musik, versanken in Schweigen oder tauschten sich rege aus. Einige weinten, eine Frau stieß ein Wehklagen aus, einige betrachteten stumm die Bilder auf der Leinwand, einige lachten laut – vielleicht über eine witzige gemeinsame Anekdote mit dem Verstorbenen.

„Du Mama, warum feiern die, wenn sie eigentlich traurig sein müssten?",

fragte mich einer der Söhne. Seine Frage berührte mich, ebenso das Ambiente. Gibt es ein Richtig und ein Falsch beim Trauern? Ich sagte meinem Sohn, dass jeder Mensch eine andere Art hat, mit dem Tod umzugehen und dass dieses Feuer in freier Natur eigentlich ein guter Rahmen für alle Bedürfnisse bot. Ein Trauerfeuer. Feuer bedeutet Transformation. Es ist ein Durchs-Feuer-des-Schmerzes-Gehen. Jeder kann nach seinem Naturell Abschied nehmen und ist dennoch nicht allein. Reden, still sein, tanzen, ein Ritual machen, weinen, laut aufschreien, sich betrinken (als temporäre Strategie ...), all das sind Möglichkeiten, mit dem Unfassbaren umzugehen. Alles, was einem hilft, mit den Emotionen in Kontakt zu kommen, hält lebendig und ist ein Weg für das ‚Danach', um mit dem Fehlenden weiterzugehen.

Trauern um einen Verlust ist des Lebens wichtig. Die zwanzigjährige Renée, die bei der Bewirtschaftung der Anlage hilft, hatte uns zu den Alpakas geführt. Beim Füttern der Tiere fanden wir uns plötzlich in ein tiefes Gespräch versunken. Vielleicht hatte die Trauerfeier den Boden dafür gelegt, vielleicht stimmte die Chemie einfach, vielleicht, weil ich meine gleichaltrige Tochter zu Hause etwas vermisste – Renée erzählte uns freiherzig, dass ihr älterer Bruder vor zwei Jahren Selbstmord begangen hatte. Das laste schwer auf ihrer achtköpfigen Familie, die seit dem Tod des Bruders taumelte.

Die junge Frau nannte es ihr Glück, dass sie im Resort bei Angela Unterschlupf und Perspektiven gefunden hatte. Wir tauschten uns lange über Tod und Lebenssinn aus. Renée erzählte, dass in Australien Selbstmord durch alle Altersschichten weit verbreitet sei. Die Menschen würden die falsche Entscheidung treffen, sagte Renée. Sie hätten nicht richtig gelernt, sich für das Leben zu entscheiden, wie mit Hürden und Herausforderungen umzugehen sei. Es gäbe unzählige Gründe, die Menschen zum Suizid führten: lange Arbeitslosigkeit, Scheidung,

Krankheit, Sinnlosigkeit, Geldschwierigkeiten, unerfüllte Liebe, Perspektivlosigkeit. Sie seien dem Irrtum verfallen, dass der Tod die bessere Alternative sei, fügte Renée an.

Ich fand diese Einsichten erstaunlich reif für eine so junge Frau. Mich führte ihre Aussage dazu, den Gedanken weiterzuspinnen. Kann es sein, dass manche Menschen, diejenigen, die eine Todessehnsucht haben, nicht gelernt haben zu trauern, etwas Unerfülltes, einen Verlust richtig tief zu beweinen? Es sind ja nicht nur Menschen, die wir loslassen müssen, sondern auch Orte, Träume und Lebensabschnitte.

Es haben sich in meinem Leben ein paar Entwürfe nicht umgesetzt – das Leben hat meine Pläne verworfen und anders für mich entschieden. Ich hatte mir einst gewünscht, mit meinem Mann die Erziehung der Kinder und die Erwerbsarbeit zu teilen. Ich hatte mir einst gewünscht, dort, wo ich lebe, meine beruflichen Ressourcen einbringen zu können. Ich hatte mir einst gewünscht, in Australien zu wohnen und zu arbeiten. Es hat sich nicht erfüllt, und ich lasse es jetzt ziehen.

Bis zur Reise hatte ich in der Dichte des Alltags nie Zeit und Raum, dem Loslassen der überholten Wünsche die nötige Aufmerksamkeit zu schenken. Ich habe mit mir in diesen Wochen des Unterwegsseins eine Bestandsaufnahme des „Unerfüllten" gemacht. Das tönt auf den ersten Anschein wie ein Wühlen im Scheitern. Doch ich betrachte es als eine nüchterne Bilanz. Alles, was sich - als Idee erschaffen - nicht realisiert hat, bleibt energetisch in irgendeiner Form an einem haften und blockiert das Vorwärtskommen.

Man muss Luftschlösser auf die Erde bringen oder loslassen, um frei zu werden. Etwas bedauern und beweinen, das nicht mehr bleiben will, befreit und schafft Raum für Neues und öffnet die Augen für das GELINGEN und das GLÜCK. Trauern ist ein Integrieren des Verlustes als ein Teil, der zur Biographie gehört. Und es ist gleichzeitig ein Ja zum Leben, ein Ja zu neuen Schöpfungen und Möglichkeiten, die noch nicht empfangen und nicht geschaffen sind.

7 / 2016

The point of return – der Wendepunkt

Ich gehe und gehe
den endlosen Strand entlang
Einfach drauflos
Ohne Ziel
Die Jungs spielen oder lesen
oder gamen
oder planschen im Pool
Sie brauchen und wollen
meine Dauerpräsenz nicht mehr
Mein Mann ist in Sichtweite,
findet Sujets für die Kamera
Schlichter Zeitvertreib

Ich gehe ohne Absicht
Das rauschende sich Ergießen
und Schwinden der Wellen
an meiner Seite
Beim Laufen komme ich mit mir
selbst ins Gespräch
Gibt es noch offene Fragen,
die mich umtreiben?
Gibt es noch etwas zu klären?
Will etwas noch einmal gefühlt werden?
Keine Regung, keine Antwort
Es ist still in mir
Es ist Ruhe in mir
Es ist Frieden in mir

Ein Lächeln zieht sich mir über das Gesicht
Mein Herz wird warm und pulst

Ich bin angekommen bei mir
und es ist friedlich und leer
Dort, wo stets Unruhe, Unfriede,
Umtriebigkeit herrschte
Ich gehe einfach weiter,
lasse mich von den Füßen führen
schweigend im Kopf, ruhend im Herz
Plötzlich haben die Füße den Impuls,
stehenzubleiben und umzudrehen

The point of return – Der Wendepunkt

Ich habe meine Reise nach innen durchgezogen
Bis es still wurde
Australien war ein Vorwand
Ich brauchte das Ende der Welt
wie einen Schutzschild
Um mich wiederzugewinnen
kann ich jetzt umkehren
Jetzt erst kann ich überhaupt lauschen
Und mich dem öffnen,
was das Leben noch mit mir vorhat
Mit leeren Händen empfangen
Was immer es ist
Es wird sich zeigen

Nicht im Außen
Sondern nur im Inneren
ist Ruhe und Frieden zu finden

7 / 2016

I'm in love with my typewriter *

... oder wie man sich nicht mit einer beschissenen Ausgangslage abfinden muss

Ich habe diese Tage unseren Pubertären mit dem iPod außerhalb der abgemachten Medienzeit auf seinem Bett lümmelnd erwischt.

Ich: *„Sohn! Du machst mich stinkesauer, Du hältst Dich nicht an die Abmachung!"*

Er: *„Hey nein! Chill mal – ich mache Hausaufgaben! Ich muss „Typewriting" üben!"*

Ich: *„Auf dem iPod?!?"*

Es folgte eine dieser ermüdenden Grundsatzdiskussionen über Arbeitshaltung, die bei Eltern und Kindern Augenrollen hervorruft, weil man nie auf einen gemeinsamen Nenner kommt. Immerhin erfuhr ich mehr über das Schulfach, bei dem die Schüler das Zehnfingersystem, den neuen Medien angepasst, online erlernen. Unser Junge äußerte seinen Widerwillen gegen das langweilige Üben. Ich kann es ihm nicht verübeln, war doch meine Einweihung in die Kunst des Zehnfingerschreibens ein Schreiten durch ein finsteres Tal.

In meiner Jugend löste bei mir der Gedanke an eine Schreibmaschine Angstschweiß aus. Anfang der 80er-Jahre – also lange vor dem Zeitalter der

Laptops und iPods – lernten die kaufmännischen Lehrlinge in der Berufsschule das Zehnfingersystem auf halbmechanischen Schreibmaschinen. Mit Strom war der Tastaturanschlag im Vergleich zu den mechanischen Vorgängern um einiges sanfter. So weit, so gut. Zum Üben stand mir zu Hause aber nur eine alte, mechanische *Adler* zur Verfügung. Für modernen Firlefanz war auf dem Bauernhof kein Bedarf. Die Milchrechnung schrieb sich gut mit der soliden Mechanik.

Unser Schreibmaschinen-Lehrer war ein jähzorniger Zwerg. Wie Rumpelstilzchen stampfte er auf, wenn sich jemand getraute, eine Frage zu stellen. Er dirigierte der Klasse den Anschlag im Takt. Wer rausfiel, erntete einen bösen Blick oder einen Schlag auf die Knöchel mit dem Holzlineal.

Sanft stimmten ihn ein betörender Augenaufschlag, ein tiefer Ausschnitt oder lackierte Fingernägel. Die Glücklichen, die diese Attribute besaßen, erhielten Höchstnoten. Mein Pech war, dass ich damals pummelig war und mich und meine Selbstzweifel lieber in weite Kleider hüllte. Sein Marschallton schüchterte mich so sehr ein, dass ich mehr als oft danebenhaute und keine Zeile ohne Tippfehler schaffte. Ich bekam im Zeugnis grad noch ein Genügend. Dies aber wohl mehr, weil der Stolz des Lehrers es nicht zuließ, einen Schüler in diesem Idiotenfach (O-Ton Lehrer) durchfallen zu lassen.

Schreiben ist Übungssache. Das sah auch mein gütiger Lehrlingsbetreuer, dem ich mein Dilemma mit der alten Schreibmaschine zu Hause und dem gestrengen Lehrer berichtete. Er ordnete an, dass ich in meiner Mittagspause täglich eine halbe Stunde im Lehrbetrieb auf einer modernen *Hermes* üben durfte. Dies passte meiner direkten Vorgesetzten aber überhaupt nicht. Ihr ging das monotone Tippen in ihrer heiligen Pause auf den Geist. Folglich wurde ich in ein fensterloses Hinterzimmer verbannt. Das war nicht so schön.

Heute schreibe ich flott und flüssig mit zehn Fingern auf allen möglichen Schreibgeräten. Mehr als dreißig Jahre Praxis haben mich das finstere Kapitel vergessen lassen. Rumpelstilzchen und die vergrämte Lehrmeisterin waren ja auch nur Menschen, die den Frust über ihren unbefriedigenden Job an einem Opfer ausließen. Der Schreibmaschinenlehrer musste es nach meiner Lehrzeit jedoch auf die Spitze getrieben haben. Denn einmal stieß ich auf einen Artikel in der Lokalzeitung, der davon berichtete, wie er von einem Schüler mit einem Küchenmesser attackiert wurde. Hoppla!

Es ist ziemlich erstaunlich und ich bin glücklich darüber, dass das Schreiben jetzt meine Königsdisziplin ist. Konnte ich doch lange keine Geschäftskorrespondenz ohne zittrige Hände erledigen. Die Erfindung von Tipp-Ex und der Einzug der Computer mit der Korrekturtaste waren mein großer Segen! Heute ist mein Leben leicht und froh, weil ich meine Gedanken in die Tasten hauen kann, ohne über die Finger zu stolpern!

Eine ungünstige Ausgangslage muss einen nicht fürs Lebens prägen, man kann über sich hinauswachsen. Dies zeigt uns seit dem Sommer auch der Sohnemann, der seit dem Übertritt in die Oberstufe aus seinen „Hass-Fächern" Mathe und Französisch plötzlich eine Kür macht. Er überrascht uns und sich selbst damit, dass er die Fächer dank der neuen Lehrer jetzt mag und als angenehmer Nebeneffekt Bestnoten schreibt.

Den Bogen mit und den Gewinn vom „Typewriting" kriegt er auch noch raus!

I'm in love with my typewriter ist ein Ohrwurm, ein Popsong vom Schweizer Bo Katzmann, der in den frühen Achtzigern auf allen Radiostationen rauf- und runtergespielt wurde

9 / 2016

Schreibreisen und Recherche

Eine Freundin fragte mich:

„Was machst du denn eigentlich so für Recherchen alleine (!) in Deutschland? Und warum überhaupt Stuttgart?"

Stuttgart war das Ziel meiner letzten Schreibreise, weil ich dort eine Gesangstunde geschenkt bekommen habe und weil in Stuttgart die Fäden von Martha und Amber (der ersten und letzten Frauen der Bernsteinsaga) zusammenfließen und ich Lust hatte, eine mir noch unbekannte Stadt zu entdecken.

Ein Übernachtungskit, Bahnkarte, Ausweise, Geld, Wasser und Proviant, der Laptop, ein Notizbuch, das Handy, ein Stadtplan aus Papier (ja! Altmodisch, ich weiß) und ein Regenschirm finden locker in einem Rucksack Platz. So bin ich mobil und wendig unterwegs.

Für zukünftige Geschichten sammle ich und halte fest: Gesehenes, Gefühltes, Gerochenes, Gelauschtes, Ertastetes. In einer Stadt oder an einem neuen Ort lasse ich mich einfach treiben. Da entsteht ein Schnappschuß, dort fange ich ein paar Gesprächsfetzen ein. Ich betaste Mauerwerk, Bäume oder Skulpturen. Meine Nase führt mich den Wohlgerüchen entlang durch Gassen und manchmal auch zu Stinkeplätzen. Ich lausche Tiergeräuschen, Baulärm, Klangteppichen in Bahnhöfen, Stimmen von Menschen.

Es kommt vor, dass ich mit der Aufnahmefunktion des Handys Sequenzen aufnehme, um mich später wieder an die Szenerie zu erinnern. Ich liebe U-Bahnfahren. Es bringt mich schnell von einem Ort zum anderen und da lässt es sich wunderbar unauffällig Gesichter, Gespräche und Körpersprache beobachten.

Jede Stadt, jeder Ort hat eine eigene Seele. Auf die schwinge ich mich jeweils ein, um die Erinnerung später beim Schreiben anzuzapfen, die Bilder und Stimmungen erzeugen, die Geschichten lebendig machen.

Kaum angekommen in Stuttgart, überraschte mich ein Wolkenbruch und ich flüchtete mich in ein Warenhaus, um etwas zu erledigen, was längst überfällig war, ich ungern tue und mit pubertierenden Jungs im Schlepptau äußerst strapaziös ist: Bade- und Unterwäsche anprobieren. Die Wechseljahre überraschten mich und meinen Körper. Ich habe plötzlich andere Proportionen. So sind meine Möpse – soll ich das jetzt hier wirklich schreiben??? Ach, was solls!!! – in den letzten Monaten gewachsen und dafür sind andere Stellen geschmolzen.

Ich pflückte gleich alles von der Stange, was annähernd passend aussah und probierte mich in der muffig-engen Kabine durch alles – frierend und schwitzend im Wechsel – durch. Meine

Kabinennachbarin bekam ich nie zu Gesicht, ich wurde aber gezwungenermaßen Zeugin der Konversation mit ihrer Mutter. Die beiden hatten, was Dessous betraf, hörbar nicht den gleichen Geschmack. Die Mutter lieferte der jungen Frau fortwährend die falschen Anprobemuster. Mit der Zeit entwickelte sich zwischen den beiden ein veritabler Zicken-Wortkrieg, bis die entnervte Mutter davonlief und die Halbangezogene mit der Bemerkung *„Nie kann man es dir recht machen!"* hinter der Gardine stehen ließ.

Ich schwor mir in diesem Moment, diesen unwürdigen Satz nie zu meinen Kids oder irgendwem sonst zu sagen und war geradezu froh, mich alleine durch meine Unterwäsche-Beschaffungs-Strapaze ohne ungeduldige Mitmenschen durchzuboxen. Einiges später fand ich mich erleichtert aufatmend in der Einkaufsmeile mit passender Leibwäsche im Rucksack reicher.

Der Himmel zeigte sich wieder freundlich und ich schleuste mich in den Menschenstrom Richtung Unterkunft ein. Im Mansardenzimmer in meiner Unterkunft „Im Haus der Engel" angekommen, trug ich alle Tageseindrücke im Laptop zusammen, ließ mich von Tauben umgurren und las im Netz, dass es in St. Gallen Rekordschnee für April gegeben hatte.

Am zweiten Tag traf ich Babette Dieterich zur Gesangsstunde und zu herzhaftem Frauentratsch. In der Kunstausstellung im Kubus inspirierte mich Otto Dix und in der überdachten Markthalle kamen alle meine Sinne so richtig auf ihre Kosten.

In einem wenig besetzten Lokal bestellte ich nachmittags um drei einen Teller Pasta und ein Glas Rotwein. Am Nebentisch traf sich ein Paar zum ersten Date und ich wurde erneut unfreiwillige Zeugin einer Konversation. Das Gespräch zielte eindeutig darauf ab, die Lage abzuchecken. Als die Kinderfrage auftauchte (beim ersten Treffen!), hätte ich mich liebsten in meine Nudeln verkrochen. Die Details und die funkensprühende Flirterei waren mir dann doch eine Spur zu intim. Ich bezahlte schnell und suchte das Weite.

Geschichten und gesammelte Eindrücke halten mein Kopfkino am Laufen. Sie dienen mir zuweilen, auch unschöne Situationen zu überbrücken, was mir auf der Rückreise gelegen kam. Ein leerer Handy-Akku, zwei verpasste Anschlusszüge und Kommunikations-Missverständnisse zwischen meinem Mann und mir ließen mich geschlagene zwei Stunden auf verschiedenen Perrons zwischen Stuttgart und Kreuzlingen verplempern. Es ist den Geschichten im Kopf, die mich bestens unterhalten haben, zu verdanken, dass ich meinen Mann, der mich schließlich am Bahnhof aufgabelte, nicht mit Frust und Mißmut überschüttete.

5 / 2017

Schamschutz

Beim Überarbeiten von *Trudes* Manuskript bin ich über die eine oder andere Textpassage gestolpert, die mir ein ganz klein wenig die Schamesröte ins Gesicht getrieben hat. Es geht an die Wäsche oder anders ausgedrückt: Es kommen sinnliche Szenen vor. Beim Schreiben habe ich mir darüber keine Gedanken gemacht. Im Flow wird einfach niedergeschrieben und wenn sich zwei Menschen näherkommen, passiert es einfach und gehört zur Dramaturgie dazu. Trude ist eine Figur und im Roman sind keine autobiographischen Elemente. Eigentlich hätte ich genügend Distanz zur Geschichte. Und dennoch, wenn ich jetzt lese, wie es bei Trude erotisch wird, keimt eine kleine Verlegenheit auf. Denn:

Was werden die Nachbarin, meine Kinder (!!!) über mich denken, wenn sie mein Buch lesen werden?

Unser Jüngster pflegt, wenn wir alle zusammen einen Film anschauen und sich Paare küssen, die Hände vor die Augen zu schlagen. Es ist ihm peinlich, mit den Eltern Knutschszenen anzuschauen. Ich sehe nichts, also ist es nicht, ist seine Strategie und sein Schamschutz.

Meine Freundin (die mit dem senegalesischen Schwiegersohn) kicherte nur, als ich ihr von meiner Scham berichtete und erzählte mir eine Episode aus ihrer Jugend. Ihre Eltern brachten ihr ab und zu das BRAVO-Heft vom Kiosk heim. Die interessantesten

Artikel aber, diejenigen von Doktor Sommer, wurden von der Mutter vorab mit Leimstift zensiert. Die Aufklärungsseiten waren immer zugeklebt.

In einer Rezension auf mein erstes Buch *Seemannsgarn* stand: „Die Autorin hätte ruhig etwas mehr zur Sache kommen können." Eine andere Leserin bemerkte zur selben harmlosen Szene mit dem Matrosen: "*Das zu lesen, war mir sehr unangenehm, es war wie durchs Schlüsselloch zu gucken. So viel will ich als Leserin gar nicht wissen.*"

Seit ich schreibe und damit in die Öffentlichkeit gehe, bewege ich mich auf dieser dünnen Linie zwischen zu viel (Fremdschämrisiko) und zu wenig (langweilig). Die Schriftstellerei ist wie ein Striptease, ein Spiel mit Offenheit, Reizen und gekonntem Verbergen. Bei Menschen, die ich nicht persönlich kenne, ist es mir egal, wie viel ich preisgebe. Es gibt aber bestimmte Personen, bei denen ich aus Verlegenheit erröte, ganz egal, ob im richtigen Leben oder wegen meiner Schreiberei, wenn die Begegnung zu intim wird. Ich möchte auch nicht unbedingt mit dem Gemeindepräsidenten oder einem ehemaligen Vorgesetzten in die Sauna gehen.

Ich könnte ja bei gewissen Menschen, die mir nahestehen, die brisanten Seiten in *Trude* einfach zukleben. Wie die clevere Mutter meiner Freundin. Konkret umgesetzt heißt das aber, dass ich bei einer Lesung nicht nur einen Schreibstift für die Widmung, sondern auch einen Leimstift für die Zensur bereitliegen haben muss. Auch peinlich.

Natürlich klebe ich keine Seiten zu. Und ich schreibe weiterhin erotische Szenen, weil sie mit zur Würze eines Romans gehören. Je mehr ich schreibe, desto mehr distanziere ich mich zu den Romanfiguren. Und die Aussage einer Leserin, mit der ich mich über meine Scham als Autorin unterhalten habe, trifft den Nagel auf den Kopf:

„Wir sind doch erwachsene Menschen und wissen längst, was in den Schlafzimmern abgeht. Lass doch den Leuten ihre Fantasie. Dass du als öffentliche Person in fremden Köpfen vorkommst, damit musst du leben lernen."

5 / 2017

Fame in Wien

Beim Abendessen tauschen wir uns in unserer Familie jeweils über unseren Alltag, über Freud und Leid so durch den Tag aus. Der Mann erzählt vom Business, die Jungs von Schule oder Sport und ich vom Schreiben.

Wie ich an der Reihe bin, platze ich vor Stolz heraus: *"Ich habe in Wien einige Trude-Fans gewonnen!"*

Der jüngere Sohn, ein erklärter Youtuber und Instagrammer: *"Wie viele denn genau?"*

Ich zögere und sage schließlich:

"Ja... so fünf ungefähr ..."

Der Kleine lässt sich von der Bank zu Boden gleiten und krümmt sich dort vor Lachen. Der Große steigt sofort mit ein, bald folgt mein Mann und das Esszimmer dröhnt vor Gegröle und Lachsalven. Ich verstehe schnell und lasse mich von der Fröhlichkeit anstecken.

In der modernen Social Media Welt der Influencer und Youtuber mit über 100.000 Followern fallen Trude-Leserinnen, die an einer Hand abzuzählen sind, eher popelig aus, das muss ich zugeben und bedenke milde den Generationen-

Graben. Ich lasse mir jedoch als schweizerische Noch-No-Name-Schriftstellerin meinen kleinen *Fame* (Ruhm) im Ausland nicht nehmen. Es bedeutet mir unendlich viel und ist ein Anfang über die Landesgrenzen hinaus. Und ich weiß genau, dass sich meine Teenagerboys über meine kleinen Erfolge mitfreuen, es aber zu uncool ist, das zu zeigen.

Seither haben wir alle jedes Mal ein breites Grinsen im Gesicht, wenn nur das Wort *Fame* im Haus fällt oder mich der Jüngste fragt:

"Und? Wie viele Fans hast Du heute in Wien?"

Und ich erwidere: *"Hmm. Vielleicht sieben?!"*

Ich liebe meine Familie.
Und ich liebe meine Wiener Fans.

5 / 2018

Über die Autorin

Rose Marie Gasser Rist 2018

Geboren 1966, wuchs ich als fünftes Kind auf einem Mehrgenerationen-Hof in einer überschaubaren Gemeinde in der Ostschweiz auf. Die Kirche steht dort mitten im Dorf. Als Kind wollte ich Lehrerin, Schlagersängerin, Schriftstellerin oder Pfarrersfrau werden. Pfarrersfrau wegen der vielen Kinder, des schönen Hauses und der vielen Menschen, die da ein- und ausgehen und weil ich keine einzige Frau auf der Kanzel kannte. Heute bin ich von allen Berufswünschen ein wenig. Es hat aber lange und viele Umwege gedauert, bis ich das so hinbekommen habe. Bis zur Geburt der Kinder war ich als Kauffrau und Kunsttherapeutin tätig und bin gereist.

Rahel (*1996), Jaromir (*2003) und Ruben (*2006) takten bis heute meinen Alltag. Doch die drei sind oder werden allmählich flügge und würden mir den Wiedereinstieg ins Berufsleben ermöglichen, was mir jedoch bislang nicht richtig gelingen mochte. Merkwürdige Umstände und innere Nöte haben mich 2016 zum öffentlichen Schreiben geführt. Heute lebe ich mit den Söhnen und meinem Mann Matthias auf der Schweizer Seite des Bodensees in einem schönen Haus, in dem kleine und große Menschen willkommen sind. Die erwachsene Tochter lebt und studiert in Luzern. Ich schreibe Blogs und Romane, gelegentlich singe und tingle ich mit Matthias und ich denke über Gott und die Welt nach.

www.rose-marie-gasser-rist.com

Mein Mann und ich schreiben fröhlich weitere Blogs aus den Paralleluniversen. Ab jetzt über die fortgeschrittene Lebensphase: Pubermonster, Wechseljahre, männliche Midlife-Crisis und Enkel, die bereits im Äther kreisen.

Unser Blog kann gerne abonniert werden:

kontakt@rose-marie-gasser-rist.com

Bibliografie

SEEMANNSGARN
Eine Frachterreise ans Ende der Welt
Autobiografische Erzählung
Rose Marie Gasser Rist
BoD (2010)
ISBN 978-3-839139-80-6

ESMERALDA
Ich habe gefunden, was ich nicht gesucht habe
Autobiografische Erzählung
Rose Marie Gasser Rist
BoD (2018)
ISBN 978-3-752809-57-2

BERNSTEINSAGA:

TRUDE
Band 1
Rose Marie Gasser Rist
Sheema Verlag (2017)
ISBN 978-3-931560-54-6

AMBER
Band 2
Rose Marie Gasser Rist
Sheema Verlag (2018)
ISBN 978-3-931560-67-6

Die Folgebände **3-5 MEILIN, ANNIE, MARTHA**
erscheinen peu à peu.

Die Bernsteinsaga

MARTHA (*1878) kommt im bernischen Emmental zur Welt. Sie und ihr Gatte Heinrich wandern nach Estland aus. In der Bucht von Riga findet Martha den **Bernstein**, der fortan von **Mutter zu Tochter** weitergereicht wird.

TRUDE kommt 1908 als siebtes Kind in Estland zur Welt, wächst in einer männerdominierten Welt auf und migriert mit ihrem Liebsten Valentin kurz vor Ausbruch des Zweiten Weltkrieges nach Australien.

ANNIEs (*1939) Kinderjahre sind geprägt vom Pazifikkrieg und der Hitze in Darwins Outback. Annie ist froh, dass sie Malcolm aus Darwin rausholt. Die Highlights der Woche sind samstägliche Barbecues, Tupperparties oder Wohltätigkeitsbasars.

MEILIN (*1961) ist eine wilde Hummel! Mit knapp zwanzig brennt sie durch. Denn die Biederkeit ihres Elternhauses ist für die temperamentvolle und lebenshungrige Frau ein Gefängnis. Meilin lässt in ihrem Lebenshunger nichts aus; Drogen, Alkohol, Männer, Frauen.

AMBER kommt 1986 mit roten Haaren zur Welt. Ihren Namen verdankt sie dem Bernstein. Amber wächst mehrheitlich bei ihrem Vater in Zürich auf. Sie beginnt sich für globale Zusammenhänge zu interessieren, studiert und engagiert sich politisch.

Danke

Ich habe 2017 für das Titelbild einen Malwettbewerb ausgeschrieben und bin heute noch entzückt über die fantasievollen Kunstwerke der Kinder. Sie sind alle auf meiner Homepage in der Einhorn-Galerie zu bestaunen:

www.rose-marie-gasser-rist.com

Eine sechsköpfige Jury hat aus den Einsendungen ausgewählt. Das Einhorn auf dem Cover hat am meisten betört und stammt von der damals sechs Jahre alten **Melina Hutter.**

Giulia Nina Gasser hat Melinas Bild für den Druck grafisch aufgepeppt.

Karin Frauenfelder hat dem ganzen Buch ein schönes Kleid verpasst.

Susanne Hülsenbeck hat die Geschichten auf Punkt und Komma durchleuchtet.

Euch und den folgenden kleinen und großen Künstler*innen danke ich von Herzen für die Freude, die Farben und den Pling-pling-pling-Einhorn-Zauber:

Alexandra
Anelia
Celine
Deborah
Diana
Fabian
Frida
Janis
Jaromir
Julia
Lara
Lara
Larissa
Lilia
Luana
Melina
Nando
Sanja
Sara
Selina
Sereina
Sonja
Valérie
Yara